En Ranger Återvänder

Högoktanig romantisk spänning — elitsoldater, fara och kärlek

Caitlyn Lynch

Shenanigans Press

INNEHÅLLSFÖRTECKNING

Kapitel ett

Den första regndroppen slog tungt mot vindrutan, och Jason Hunter svor lågt för sig själv. Han hade hoppats hinna till Woodvale innan ovädret bröt loss, men han hade fortfarande en bit kvar. Han borde nog inte ha stannat för att köpa kaffe, men det var en lång körning från Spokane till Idahos nordligaste hörn och tristessen hade krupit på honom. Det, och den fruktansvärda countrykanalen som var det enda den billiga radion i hyrbilen fick in.

Suckande slog han på vindrutetorkarna och hoppades att regnet inte skulle tillta. Han var inne i den täta skogen väster och söder om stan nu, och han visste att oväder lätt kunde få en av de enorma tallarna längs vägen att störta ner och spärra hans färd. Åtminstone var det, så här sent på året, osannolikt att det skulle snöa; han hade sett snö här i april många gånger när han växte upp, men väderleksrapporterna han hört på radion hade bara förutspått regn.

Mörkret föll snabbt, förvärrat av de hotande stormmolnen och de höga, mörka träden. Regndropparna, som började falla i allt större mängder, gjorde det absolut nödvändigt att slå på strålkastarna. Med ett klick på strömbrytaren tryckte Jason lite hårdare på gasen och smög sig över hastighetsgränsen. Han hade knappt sett ett annat fordon den senaste halvtimmen och tvivlade på att några myndigheter fanns här uppe för att stoppa honom för fortkörning ändå.

Skylten mot Woodvale dök upp i ljuset som en välkomnande fyr. Leende lättade Jason på gasen och svängde av från I-95 med en känsla av lättnad, med vetskapen om att det var mindre än tio miles kvar. Bara några minuter till och han skulle vara i moster Roses ombonade lilla hus, den enda plats han egentligen någonsin betraktat som ett hem.

En rörelse till vänster fångade hans uppmärksamhet. Han vred på huvudet och tog foten från gasen så att den svävade över bromsen. Ett rådjur eller en älg som valde just den här stunden att kasta sig ut över vägen kunde förstöra hela hans dag; den billiga lilla hyrbilen skulle bli skrot vid en kraftig kollision.

Det var inget rådjur. Det var en människa, vitt hår fångade ljuset när hon stapplade ut ur skogen och upp på vägen, rakt i hans körfält. Jason stampade på bromsen och väjde, missade fotgängaren med minsta möjliga marginal när bilen slirade på den våta asfalten. Han svor högt och styrde in i sladden, fick till slut kontroll och skrek bilen till stopp.

”Vad i helvete?” sa Jason högt, innan han klev ur bilen och tittade tillbaka längs vägen. Allt han kunde se var något som såg ut som en trasslig tygbunt, hopfallen precis på mittlinjen mellan de två filerna. Hade han ändå kört på personen? Han sprang fram till bunten och föll ner på knä.

”Är du okej?” frågade han, kände sig dum; han sträckte ut handen och lade den på det som plötsligt kändes som en mycket bräcklig kropp, och kände mot halsen efter en puls. "Körde jag på dig?"

I det svaga röda skenet från bilens bakljus kunde han inte se ordentligt, kunde inte bedöma hennes tillstånd. Inte förrän personen rullade mot honom och ett åldrat, kvinnligt ansikte såg upp på honom, en sprucken röst viskade;

"Hjälp mig. Snälla, hjälp mig!"

"Vad i hela jävla helvete", sa Jason när den gamla damens ögon slöts, men det var mer ett konstaterande än en fråga. När han såg sig omkring var det svårt att förstå varifrån i helvete hon kommit; såvitt han visste fanns det inga hus i det här området, eller så hade det i alla fall inte funnits det när han bodde här. De här skogarna var en del av de enorma timmerbestånd som gav Woodvale sitt namn och höll den lokala avverkningsindustrin försedd med ett stadigt flöde av kvalitetstimmer.

Han såg inte att han hade så mycket att välja på. Kvinnan var knappt vid medvetande och gnydde svagt medan han snabbt lät händerna löpa över hennes armar och ben och kände efter brott.

"Kan du säga ditt namn?" frågade Jason bråttom och lyfte henne varsamt i sina armar. Han skulle få lägga henne i baksätet. Hon var en liten kvinna, bräcklig; han uppskattade att hon knappast vägde mer än trettiofem kilo, ingenting för en soldat som var van vid att bära stridsutrustning betydligt tyngre än så i flera dagar i sträck.

”Julia”, kraxade hon fram, innan hon plötsligt började kämpa. ”Hundarna! Jag hör hundarna!”

Bestört lyssnade Jason, men hörde ingenting. ”Jag hör inga hundar, okej? Jag ska lägga dig i bilen och köra dig till sjukhuset.” Han öppnade bildörren och lade henne försiktigt i baksätet. I det knappa skenet från bilens innerlampa såg han för första gången hur märklig hennes klädsel var.

Julia bar vad som såg ut som militärgröna fältbyxor i woodlandmönster, flera storlekar för stora, och en lika stor olivgrön T-shirt. Tunga kängor på fötterna var tjockt igenklegade med lera.

Hon måste vara minst åttio år gammal.

”Vad i helsicke är det som pågår? Vem är du?” frågade Jason djupt förbryllad, men hon verkade ha svimmat så fort huvudet landade mot sätet. Han kontrollerade pulsen – långsam men stark – och tog av sig jackan för att lägga över henne. Hon var genomblöt och iskall.

I bagageutrymmet hittade han en resefilt och lade även den över Julia. Det bästa han kunde göra för henne var att köra in henne till stan så snabbt som möjligt, till den lilla vårdcentralen som var allt Woodvale kunde ståta med. Där kunde Julia i alla fall få vård, och om det var allvarligt kanske hon kunde flygas till ett större sjukhus.

Med blicken framåt insåg han att han borde ringa in det, ordna så att vårdcentralens personal mötte honom. Han satte sig bakom ratten igen, rotade i den duffelbag han slängt på fotutrymmet på andra sidan och letade efter mobilen.

”Ingen täckning. Fan!” Han kastade en blick bak på Julia, grinade illa och kom fram till att han borde köra vidare tills han fick täckning och sedan stanna för att ringa.

Det skulle ändå spara tid om han kunde få vårdpersonalen att möta honom på mottagningen. Han startade bilen och körde vidare ut i det allt tyngre regnet.

"Är du med mig, Julia?" ropade Jason bakåt när han anade rörelse bakom sig. "Kan du prata med mig?"

"Hundarna", kom ett svagt, skräckslaget kvidande från baksätet.

"Det finns inga hundar. Jag kör dig till sjukhuset. Kan du säga ditt efternamn, Julia?"

Hon svarade inte; han justerade spegeln för att se henne och såg att ögonen var slutna. Hon skakade, kraftiga skälvningar for genom hennes späda kropp.

"Inte långt kvar nu", lovade han, sneglade ner på telefonen som låg på passagerarsätet och såg tacksamt att det fanns en stapel täckning. "Jag stannar och ringer i förväg, säger att vi är på väg in. Vi kör igen om en minut."

Hon svarade inte, men det hade han heller inte räknat med. Om han någonsin hade kunnat numren till Woodvales vårdcentral eller polisstation, så hade han sedan länge glömt dem, så han slog helt enkelt 911.

"Woodvale larmcentral, vad gäller ditt nödlarm?" svarade en kvinna med uttråkad röst efter ett par signaler.

"Jag har plockat upp en skadad kvinna som irrade omkring i skogen utanför stan. Jag kör henne till vårdcentralen och hoppas att ni kan ordna så att personalen möter mig där."

Larmoperatörens röst skärptes. "Det kan jag ordna. Vad är det för slags skador?"

"Jag vet inte exakt", medgav Jason, "men hon är en gammal dam, genomfrusen och utmattad. Hon är konstigt klädd och verkar utmärglad."

Det blev ett kort ögonblicks tystnad; han gissade att han var parkerad i vänteläge medan operatören vidarebefordrade uppgifterna. Hon kom tillbaka på linjen några sekunder senare.

”Tack. Är hon vid medvetande?”

”Inte just nu, men hon har varit det kort. Hon sa att hon hette Julia.”

”Julia?” Det var definitivt en utropande ton. ”Julia *Bulridge*?”

”Jag fick inte hennes efternamn, tyvärr. Hon är inte klar i huvudet.”

”Och vem är du exakt?” Det fanns en tydlig misstänksamhet i rösten nu, men Jason tänkte att han inte hade något att dölja.

”Jason Hunter.”

Det blev ännu ett kort uppehåll och sedan kom en ny röst på linjen, den här gången en mansröst. Jason fick anstränga sig för att höra; regnet vräkte ner nu och smattrade mot bilens tak. Han kupade den andra handen över örat.

”Kan du upprepa det?”

”Är du en av den där familjen Hunter?”

”Jag förstår inte hur det spelar någon roll just nu”, fräste Jason. ”Se bara till att vårdpersonalen möter mig på vårdcentralen.” Han lade på och startade motorn igen. ”Håll ut, Julia. Inte långt kvar nu.” Instinktivt kastade han en blick i spegeln igen... och stelnade.

Baksätet var tomt.

”Julia?” Chockad vred han sig om. Bakdörren på passagerarsidan stod öppen; hon måste ha öppnat den och klivit ur medan han hade handen över örat och pratade med larmoperatören. ”Vad i hela fridens *helvete*...” Hela situationen blev allt mer bisarr. Ändå kunde han inte lämna henne här ute i ingenstans, inte i det här ovädret och i det tillstånd hon var i. Han slog av motorn igen, tog mobilen och slog på ficklampan. Det var förbannat mörkt där ute nu.

"Julia!" Jason svepte ljuset runtom, kisade in i mörkret. "Julia, det är okej! Jag vill bara hjälpa er!"

Det hördes inget annat än regnet, som vräkte ner och gjorde honom genomblöt på några ögonblick. Han ropade några gånger till, men om hon hade gått in bland träden och inte ville bli hittad, hade han ingen chans att hitta henne, inte ensam och med det ynkliga ljuset från telefonen. När han sneglade in i baksätet såg han att hon lämnat filten men tagit hans jacka.

Obeslutsam en minut stängde han bakdörren och satte sig i bilen igen, startade motorn ännu en gång. Larmoperatören verkade veta vem Julia var; det var möjligt att hon brukade ställa till med den här sortens spektakel. Hur som helst verkade det klokast att åka till polisstationen, rapportera vad som hänt och ordna fram ordentligt utrustad hjälp, och han var bara några minuter från stan.

Polisstationen och vårdcentralen låg precis bredvid varandra, mitt emot stadshuset, precis som Jason mindes det. Vårdcentralen låg mörk, men välkomnande ljus och en öppen dörr lockade honom in i polisstationen.

Stormen hade dragit förbi och regnet höll på att avta; han parkerade bilen, tog sin duffelbag och gick in på stationen. En grånad, äldre man i sergeantsuniform tittade trött upp från receptionen.

"Kan jag hjälpa dig?"

"Jag heter Jason Hunter, jag ringde in för några minuter sedan om att jag hittat en gammal dam skadad ute i skogen."

"Julia Bulridge?" Mannen reste sig och såg plötsligt mycket mindre trött ut. "Var är hon?"

"Jag vet inte om hon är Julia Bulridge eller inte, bara att hon heter Julia. Och jag vet tyvärr inte var hon är nu heller. Hon stack ut i skogen igen."

Sergeanten pekade med ett knotigt finger. "Är det där hon?"

Jason vände sig om och såg en stor färgaffisch på väggen mitt emot disken.

HAR DU SETT DEN HÄR KVINNAN?

Det var definitivt ett foto av Julia, även om hon på bilden såg frisk och leende ut, och informationen under slog fast att hon hade varit försvunnen i lite över en vecka.

"Ja, det är hon!" Förbluffad vände sig Jason tillbaka till sergeanten. "Jag hade knappt hunnit svänga av från I-95 när hon kom stapplande ut ur skogen. Jag var nära att köra över henne. Hon var i rätt dåligt skick."

"Men hon stack igen och du kunde inte få tag på henne?" Sergeanten lät blicken resa över Jason med otro i blicken. Med den svarta T-shirten dyblöt och klistrad mot överkroppen var det uppenbart vilken kraftig fysik han hade, insåg han.

"Hon måste ha försvunnit medan jag pratade i telefon med larmoperatören", medgav Jason, medveten om att det lät ganska futtigt. "Hör på, jag har ingen anledning att ljuga för dig. Jag klev ur bilen igen och ropade efter henne, letade runt, men hon hade gett sig av in bland träden. Regnet hade börjat och det är rätt mörkt där ute. Jag hade ingen riktig ficklampa, kunde inte leta effektivt, inte om hon försökte gömma sig av någon anledning. Jag tänkte att det bästa var att åka tillbaka till stan och få ihop en ordentligt utrustad sökstyrka.”

”Mycket klokt, Mr Hunter”, sa en annan röst, och Jason såg att dörren vid diskens ände öppnats ljudlöst och att en man stod där och betraktade honom. Stjärnan på bröstfickan avslöjade hans identitet.

”Sheriff”, sa Jason och nickade artigt.

”Jag tror du gör bäst i att följa med in och berätta allt. Julia Bulridges försvinnande betraktas som ett brottmål.”

”Det kan jag göra, inga problem, men kan du börja organisera sökstyrkan först? Jag kan visa var jag var när hon klev ur bilen...”

Stationssergeanten slog ner en karta på disken och räckte Jason en penna; han behövde bara några sekunder för att orientera sig innan han markerade ett X på kartan.

”Där. Mindre än en mile från avfarten från I-95, inom hundra yards från där vägen svänger runt Copper Mountain.”

”Är du säker på det?” frågade sheriffen med cynisk ton.

”Jag växte upp här i Woodvale, sheriff. Jag är säker.”

”Okej. Se till det, Barker.” Sheriffen nickade åt sergeanten och gestikulerade åt Jason att följa efter.

Jason fann sig i sheriffens kontor och snappade upp mannens namn från den graverade mässingsskylten på skrivbordet. Sheriff Thomas McCarthy. Jason ansträngde minnet men kunde inte komma ihåg några McCarthy i Woodvale; mannen var runt fyrtio, uppskattade han, ganska ungt för en sheriff här. Han bar sig åt med en stillsam pondus som Jason genast kände igen; han hade sett den varje dag i många år nu.

”Du är före detta militär, sheriff McCarthy?” frågade han artigt och lät blicken vandra över rummet. Det fanns inga fotografier på väggarna, bara uppstoppade djurhuvuden och en ful målning av en död hjort med vargar som sliter i strupen. Det var knappast en lugnande bild, och Jason hoppades att sheriffen inte brukade förhöra vittnen här inne.

”Vad får dig att fråga?”

”Du har hållningen, det är allt”, ryckte Jason på axlarna och undrade varför mannen verkade känslig kring sin tjänst. ”Bara försöker vara lite trevlig.”

”Marinen”, sa McCarthy till slut, satte sig bakom skrivbordet och gestikulerade att Jason skulle slå sig ner.

”Du är långt från havet.”

”Och du är långt från Atlanta, löjtnant Hunter. Vad för dig till Woodvale?”

Jason stelnade en aning. ”Om du känner till min tidigare grad”, betonade han ordet, ”då vet du att jag är född och uppvuxen här. Min moster Rose är sjuk. Jag är här för att träffa henne.”

”Tidigare? Du är inte kvar hos Rangers?” McCarthy högg på uppgiften.

”Det stämmer. Min tjänstgöringstid gick ut för fyra månader sedan och jag erbjöds ett mycket lukrativt jobb av min tidigare kapten, som nyligen själv gått i pension från tjänsten. Jag tackade ja.”

”I Atlanta?” Sheriffen tittade på datorskärmen, vinklad bort från Jason. Jason var villig att slå vad om att åtminstone den avhemligade delen av hans tjänstejournal var uppe där, och undrade vilka trådar mannen dragit i för att få fram det så snabbt. Han räknade ut att det inte kunde vara mer än tjugo minuter sedan han uppgav sitt namn för larmoperatören.

"I Guàlize, faktiskt."

McCarthy blinkade till och stirrade på honom. "Guàlize?"

Jason ryckte på axlarna. "Min tidigare kapten i Rangers gifte sig med den tillträdande presidentens dotter. Han jobbar för den guàlizeanska regeringen och utbildar en elitstyrka för antinarkotikainsatser. Han bad mig komma ner och arbeta med dem, och jag tog jobbet. Som sagt, det är bra betalt."

"Så ni har bott i Guàlize... hur länge?"

"Fyra månader."

"Jag förstår." McCarthy tog upp en penna, slog upp ett block och klottrade något. Jason bet ihop.

"Är vi klara här? För om vi är det vill jag gärna ge mig ut och hjälpa till att leta efter Julia."

"Det tror jag inte, Mr Hunter." McCarthy gav honom en isande blick. "Du har varit borta länge. Låt sökandet skötas av folk som känner området som det ser ut nu. Vi hittar Mrs Bulridge, om hon är där ute."

I ett ögonblick pågick en tyst stirrmatch mellan männen, en viljeduell, och sedan suckade Jason och reste sig.

"Jag är bara här för att hälsa på min moster, sheriff. Jag hoppas att du hittar Mrs Bulridge." Det var inte värt att reta upp mannen, hur arg Jason än kände sig över Mc-Carthys uppenbara obstruktion.

"Hur länge planerar du att stanna i Woodvale?" frågade sheriffen, reste sig och följde Jason ut ur kontoret.

"Jag vet inte än", svarade Jason ärligt. "Min moster är mycket sjuk. Döende. Jag har fått klartecken från mina arbetsgivare att stanna så länge jag behöver."

"Jag förstår." Sheriffen såg grundligt missnöjd ut över den nyheten. "Nåväl. Lämna inte stan utan att meddela oss, Mr Hunter. Du är trots allt ett vittne."

Jason bet ihop och nickade tyst. McCarthy gick honom bara på nerverna, det var allt, försökte han intala sig. Polisstationen som varit lugn tidigare var nu ett myller av aktivitet, kartor bredes ut över skrivbord och män med rejäla friluftskläder och stora ficklampor kom in. Sheriffen klev fram för att ta befälet över insatsen, men hans blick lämnade aldrig Jason när den före detta soldaten lämnade platsen.

När han satte sig i hyrbilen igen drog Jason ett djupt andetag och försökte släppa sin vrede. Han ville oerhört gärna delta i sökinsatsen, men sheriffen hade nyss tydligt sagt åt honom att hålla sig borta, och att gå ut på egen hand vore lönlöst och ganska säkert leda till att han blev gripen. Han knep händerna om ratten och skakade frustrerat på huvudet. McCarthy hade rätt i en sak dock: det var väldigt länge sedan Jason strövade i de här skogarna. Det fanns gott om kapabla män på polisstationen, och i hennes försvagade tillstånd kunde Julia inte ha kommit långt. De skulle hitta henne — om hon fortfarande var vid liv.

Han startade bilen och bestämde sig för att komma tillbaka till polisstationen på morgonen. Just nu väntade moster Rose på honom.

Kapitel två

Moster Roses hus var mörkt när han körde upp utanför. Med rynkad panna sneglade Jason mot grannhuset och såg att det lyste ordentligt där. Barclays hade bott där sedan han var barn, och det var Mrs Barclay som hade ringt för att berätta hur sjuk moster Rose var.

”Jason Hunter, det var som tusan vad skönt att se dig”, hälsade Mr Barclay när han öppnade dörren efter Jasons knackning. ”Kom in, kom in.”

Chockad över hur mycket mannen hade åldrats, insåg Jason med ett sting av skuld att det var nästan tio år sedan han senast satte sin fot i Woodvale. Moster Rose hade alltid kommit till honom, flugit ner till Atlanta för att hälsa på minst en gång om året på Jasons bekostnad, en nota han mer än gärna betalade.

”Bra att se dig, Mr Barclay.” Han skakade hand med Mr Barclay. ”Mrs Barclay. Snälla, sitt kvar.” Mrs Barclay hade också åldrats; han mindes en leende, moderlig kvinna i sena medelåldern, men nu var hon definitivt gammal, med blåtonat vitt hår och händer som var både knotiga och sköra. Han gick fram till henne där hon satt i en bekväm fåtölj, ett lapptäcke över knäna, och böjde sig impulsivt ner och kysste henne på kinden.

”Det är gott att se dig också, Jason.” Hon log upp mot honom. ”Men jag är rädd att din moster inte mår bra i kväll. Jag tittade in till henne tidigare, tog med lite middag… hon fick i sig lite grand, men ville gå och lägga sig tidigt. Jag sa inte att du var på väg, som du bad mig.”

”Då stör jag henne inte i kväll”, sa Jason genast. ”Jag kan ta ett rum på motellet, så kommer jag och hälsar på henne i morgon bitti.”

”Du kan stanna här, soffan är en bäddsoffa…”

”Det skulle jag aldrig drömma om. Tack för erbjudandet, verkligen, men ni har redan gjort så mycket för moster Rose. Jag hade inte ens vetat att hon var sjuk om det inte varit för er.”

Rose hade inte sagt något till Jason när hennes läkare berättade att hennes allt mer bekymmersamma magsmärtor berodde på en inoperabel, långsamt växande cancer. Det var Mrs Barclay som hade skrivit till honom och berättat att Roses försäkring inte räckte för att täcka vårdkostnaderna, och att hon övervägde att sälja huset. Han hade varit på utlandsuppdrag i Afghanistan när brevet kom, oförmögen att åka hem, men han hade omedelbart ringt Rose och sagt åt henne att sluta oroa sig för räkningarna.

”Rose har varit en god vän alla dessa år.” Mr Barclay viftade bryskt bort hans tacksamhet. ”Du är mer än välkommen att stanna”, och när Jason skakade på huvudet, ”nåja, ta åtminstone något att äta? Emma har gjort stek och det finns gott om rester.”

Hans mage knorrade bara vid tanken, som en påminnelse om att det var länge sedan lunchen, och Mrs Barclay skrattade. "Gå och sätt dig så lägger jag upp åt dig. Jag minns allt om din aptit, unge man."

"Jag är inte en växande tonåring längre!" skrattade Jason, men lät sig övertalas till bordet. Snart stod en välfylld tallrik framför honom, med ett glas juice intill armbågen. Barclays gjorde te åt sig och satte sig för att hålla honom sällskap. Han svarade på frågor om sitt arbete i Guàlize mellan tuggorna, och när deras frågor började sina passade han på att fråga:

"Vad kan ni berätta om försvinnandet av Julia Bulridge?"

Båda såg förvånade ut. "Var hörde du det?" frågade Mr Barclay.

Så förstås måste Jason berätta om mötet med den gamla damen på vägen. Åtminstone tvivlade de inte på att det faktiskt hade hänt, tänkte han torrt när de reagerade chockat och pepprade honom med frågor. Till slut kunde han ställa sin ursprungliga fråga igen.

"Sheriffen sa att hennes försvinnande behandlas som ett brottmål. Varför det?"

"För att hon är den sjätte personen som försvunnit från Woodvale på fem månader", sa Mr Barclay platt.

"*Va?*" Jason sjönk tillbaka i stolen av chock.

"Bill, nu tar du i", tillrättavisade Mrs Barclay och skakade på huvudet. "Det är inte så, Jason. Hon är den tredje, faktiskt. Den första var gamle Mr Ellis, du kanske minns honom? Hans familj äger järnaffären, han brukade driva den."

Jason nickade, med munnen full. Han hade jobbat extra hos Ellis under gymnasiet, fyllt på hyllor och burit lådor. Den gamle mannen hade varit bestämd men juste, betalade schysst lön och delade till och med ut en fin julbonus.

”Han utvecklade demens för ett par år sedan, stackarn. Han bodde hos sin son och svärdotter, men de jobbar båda i butiken så det var inte så lätt att hålla uppsikt över honom. Han började irra, och en dag bara försvann han ut i skogen och kom aldrig tillbaka.”

”Inget mystiskt med det”, sa Jason efter att ha svalt. ”Tragiskt, men det händer.”

”Och tre veckor senare hände det på pricken likadant med Jenny Moreau, en ung kvinna med Downs syndrom. Hon var i skogen och plockade svamp med sin bror och han tappade bort henne. Inte ett spår hittades.”

Det var aningen märkligare. Jason lade ner gaffeln. ”Genomsöktes området ordentligt?”

”Hundar och allt.” Mr Barclay nickade vist. ”Många pekade finger åt Moreau-pojken; han är hennes ende vårdare och det kan inte ha varit lätt, men jag känner den pojken. Han avgudade sin syster och han skulle inte göra henne ett hårstrå illa. Brukade hamna i slagsmål i skolan för hennes skull, höll ett öga på henne.”

Mr Barclay hade varit lärare på high school, undervisat i naturvetenskap och matte, mindes Jason. Han nickade långsamt och mindes hur bra den äldre mannen alltid varit på att bedöma folk.

”Så vad gäller de andra tre försvinnandena?” frågade han. ”Eftersom ni sa att Julia Bulridge egentligen bara var den tredje, och de där två låter rimliga i mina öron.”

”Tre tonåringar”, sa Mrs Barclay, ”Whitton-bröderna, och en strulig kille som hette Mark Martin. De stack bara, om du frågar mig.” Hon skakade på huvudet. ”Jag vet inte om man kan kalla deras försvinnande *misstänkt*. De stal en bil!”

"Ja, men det du utelämnar är att Mark Martin är Julia Bulridges barnbarn", invände Mr Barclay, "och hon gjorde stort väsen av att han aldrig skulle försvinna utan ett ord till henne. Hennes svärson är en värdelös drummel och hennes dotter är stenad halva tiden", sa han till Jason med ogillande min, "så det är ingen överraskning att Mark inte direkt är en mönstermedborgare. Den pojken älskade sin mormor, däremot, och jag tror inte att han på riktigt skulle försvinna i tre hela månader utan ett ord till henne. Inte ens ett telefonsamtal."

Jason smuttade eftertänksamt på juicen och begrundade det han hört. "Det låter allt ganska skumt", sa han till slut. "Och Julia gjorde väsen av det?"

"Just det. Hon krävde att han skulle klassas som försvunnen person och att det var ett brottsmål. Hon var på sheriffkontoret varje dag, skällde ut honom och krävde att polisen fortsatte leta. Tills hon också försvann. Hon ställde för många frågor, säger jag dig." Mr Barclay lutade sig tillbaka med en bestämd nick.

"Din fantasi skenar", fnös Mrs Barclay och knuffade till honom. "Jag sa ju, hon hörde av sig från Mark och åkte för att leta efter honom!"

"Och jag var nästan beredd att tro att du kunde ha rätt, ända tills Jason här dök upp och berättade att han sett henne ute i skogen i bedrövligt skick."

Det fanns inte mycket Mrs Barclay kunde säga till det. Hon tog upp tekoppen och drack, med en orolig min i ansiktet. Hennes man nickade, mer sorgset än triumferande, och vände sig tillbaka till Jason.

"Julias försvinnande behandlas som ett brottsmål främst för att det finns pengar inblandade. Hon var ganska välbärgad, och hennes svärson försöker lägga beslag på hennes tillgångar."

"Vilket får honom att framstå som extremt misstänkt", insåg Jason.

"Han är huvudmisstänkt. Personligen tror jag inte att han har initiativ nog att klura ut en plan för att göra sig av med Julia", skakade Mr Barclay på huvudet. "Vad är det för idiot som direkt drar misstankar till sig genom att försöka komma åt hennes bankkonton så fort det blev klart att hon var försvunnen? Inte ens Tom Martin är så dum."

"Jag gick i skolan med en Tom Martin", sa Jason, "han var ett år äldre än jag." Han mindes en stor kille, inte så smart men bra på sport, populär. Han hade varit linebacker i skolans amerikanska fotbollslag när Jason var quarterback.

"Det är han. Gjorde dåligt ifrån sig i skolan och har inte gjort mycket sedan dess. Gjorde Bulridge-flickan på smällen bara några veckor efter att familjen flyttade till stan." Mr Barclay skakade på huvudet. "Det är synd. Hon var bara sjutton, en begåvad tjej, men hon kom aldrig tillbaka till skolan för att ta examen efter att hon fått barnet. Började med droger för att orka. Sådant slöseri."

Det fanns inte mycket Jason kunde göra annat än att hålla med. Han tackade Barclays för gästfriheten, avböjde återigen erbjudandet om bäddsoffan och gav sig av. Motellet låg bara ett kvarter bort, så han lät hyrbilen stå parkerad utanför mosterns hus och gick. Regnet hade helt upphört nu, nattluften var klar och frisk, doften av våta tallar låg över allt. Han drog djupt efter andan och njöt av den välbekanta bakgrundsdoften. Den hade han saknat, insåg han medan han gick nedför gatan med långa, avslappnade steg. Doften av våta tallar skulle på något vis alltid vara hemlukt.

En uttråkad nattportier räckte honom en rumsnyckel i utbyte mot en dragning av kreditkortet, och Jason låste upp och gick in i rummet han fått. En blick runtom sade honom att det såg ut som i stort sett alla andra motellrum han någonsin bott i; intetsägande och själlöst, om än renare än många han huserat i genom åren. Efter en dusch kröp han ner i sängen och slog på den lilla tv:n, undrade om det skulle finnas något på nyheterna om jakten på Julia, men en snabb genomgång av kanalerna gav ingenting.

Det tog lång tid innan han somnade, med tankarna på de märkliga försvinnandena i Woodvale. Drömmar om Julias skräck hemsökte honom, hur rädd hon varit när hon ropade om hundar.

Hundar. Jasons undermedvetna hakade upp sig på det, och plötsligt var han klarvaken och låg och stirrade i taket. *Julia trodde att hon blev jagad av hundar.* Han hade inte hört några hundar där ute i skogen, men det betydde inte mycket, inte med ovädret som härjade.

Jason visste inte vad som var så viktigt med den tanken, men han hade lärt sig att lita på sin intuition; den hade räddat honom mer än en gång under militärkarriären. Han gjorde en mental notering om att fråga om hundar i skogen när han pratade med Mr Barclay igen, medan sömnen till sist tog honom.

Ett blekt grått ljus började sila in genom motellrummets tunna gardin. Med en suck satte sig Jason upp och svängde benen över sängkanten. Han var för van vid tidiga morgnar för att kunna sova ut. Det var för tidigt för att gå över till moster Rose eller för att prata med Barclays igen, men kanske kunde han gå till dinern och äta frukost, lyssna lite på samtalen. Folk där skulle säkert prata om sökandet efter Julia även om det inte var på tv-nyheterna.

Dinern var en varm, välkomnande fyr i den grå morgonen, redan full av folk som satt hukade över pannkakor och bacon. Ingen tystnade när Jason klev in; några vände sig om och tittade på honom men han fick ingen annan reaktion än ett par nyfikna blickar, samma sort som vilken främling som helst får när han kliver in i en småstadsdiner.

En stressad servitris vinkade åt honom att välja bord; han tog en båsplats längst bak där han kunde sitta och se större delen av lokalen. Han nickade vänligt åt servitrisen när hon ställde ner en mugg på bordet och fyllde den med rykande svart kaffe, och sa:

"Fyll på den där, tack."

"Självklart, gubben." Hon var några år äldre än han, tänkte han; hon hade ett fint leende och en namnbricka där det stod *Lulu*. "Frukost?" En plastlaminerad meny landade på bordet när han nickade, och hon skyndade vidare för att fylla på någons kaffe. Jason smuttade på sitt och såg ut över rummet i tysthet, medan han lyssnade på sorlet.

Precis som han misstänkt var Julia huvudämnet för samtalen i rummet; alla pratade om hans iakttagelse av henne kvällen före och om skallgångskedjan som tydligen fortfarande var ute i skogen. Hans namn nämndes inte, vilket fick honom att undra vem som var källa till ryktena. Inte sheriffen, stationsvakten eller larmoperatören, som allihop visste vad han hette.

Jason satt i godan ro och åt sina äggröra, länkkorv och fullkornstoast när dörren slog upp och sheriffen kom in, flankerad av två uniformerade vicesheriffer. McCarthy kastade en blick över rummet och deras blickar möttes medan tystnaden föll.

Oj då, tänkte Jason när de tre poliserna marscherade mot honom i takt. Han satte ner gaffeln och tog en klunk kaffe, log vänligt när poliserna stannade vid hans bås.

"God morgon, sheriff."

"Jag vet inte vad fan du tror att du håller på med", snäste McCarthy med ansiktet förvridet i en ful grimas, "men du följer med oss."

Jason blinkade och stack handen i fickan. De två vicesheriferna reagerade med att greppa sina pistoler.

"Lugnt, pojkar", sa han lågt, förde upp handen i sikte igen och lade båda på bordet. "Jag är obeväpnad. Jag ska bara ta fram plånboken. Har inte betalat frukosten än, och jag tänker då rakt inte blåsa Lulu på dricksen. Hon har gjort sig förtjänt av den."

"Betala din förbannade frukost och så går vi", snäste McCarthy. Jason tog fram plånboken, långsamt och lugnt, och drog upp ett par tjugodollarsedlar; mer än tre gånger kostnaden för frukosten. Han kilade fast sedlarna under kaffekoppen med en nick åt Lulu, som följde händelserna med stora ögon.

"Har ni hittat Mrs Bulridge?" frågade Jason högt när han reste sig, väl vetande att det var frågan alla ville ha svar på. Ett mummel gick genom dinern och fick sheriffen att kasta en blick runt.

"Ja, Mr Hunter, det har vi. Vi hittade henne *död*. I din mosters trädgård."

"Åh, wow, *det här* ser ju inte alls ut som en fälla", sa Jason torrt och himlade med ögonen, vilket bara fick McCarthy att tveka en bråkdels sekund.

”Om det där är ditt försvar kommer åklagaren att älska dig”, snäste han. ”Jason Hunter, du är gripen för mordet på Julia Bulridge. Vänd dig om och håll händerna bakom ryggen.”

Jason var inte särskilt sugen på att eskorteras ut ur dinern i handfängsel, men ännu mindre sugen på att bli skjuten för att ha gjort motstånd. Så han vände lugnt ryggen till och räckte fram handlederna för att bli fängslad medan sheriffen läste upp hans rättigheter.

”Jag vill ha en advokat”, sa han tydligt och högt, till alla i rummets gagn, ”och jag förbehåller mig rätten att vara tyst tills jag har fått ett kompetent juridiskt ombud.” Hans blick mötte Lulus. Hon tittade på de två tjugorna under hans kaffekopp och nickade; när polisen eskorterade ut honom såg han i ögonvrån hur hon fiskade upp en mobil ur förklädesfickan.

Den dricksen hade hon sannerligen förtjänat. Och det faktum att hon — förhoppningsvis — ringde en advokat åt honom, en total främling, berättade något mer för honom.

Stan var inte förtjust i sheriff McCarthy.

KAPITEL TRE

CARLA RAMIREZ HADE TAGIT sig drygt två miles in på den tremilesrunda hon tvingade sig igenom minst två gånger i veckan när telefonen i jackfickan ringde. I en sekund övervägde hon att springa vidare, men hon var ändå slut. Hon saktade ner till gångtempo, men höll fötterna i rörelse för att inte stelna till. Det var kallt, och om hon inte skulle springa hem behövde hon ändå hålla ett raskt tempo.

Hon fiskade upp telefonen ur fickan och pekade på skärmen med kalla fingrar, klibbiga av svett, svor mellan tänderna tills pekskärmen behagade reagera och låste upp så hon kunde svara. Det var inget nummer hon kände igen, men det var knappast ovanligt; hennes nummer var offentligt. Bara på hennes hemsida, för att börja med.

"Advokaten Carla Ramirez", sa hon, försökte låta skarp men var medveten om att hon fortfarande lät andfådd.

"Det är Lulu Jones, Miz Ramirez", sa en röst med flera tusen cigaretter i bagaget.

”Lulu.” Carla slutade inte gå, men hon himlade med ögonen. ”Har Harry ställt till det igen?”

”Nej, han sköter sig. Håller kvar jobbet i foderbutiken. Men jag såg just nåt riktigt skumt hända på dinern. Har du hört att de hittade Julia Bulridges kropp?”

Carlas ben slutade fungera, och hon snavade nästan, stannade upp och lade handen mot staketet till ett hus hon passerade. ”Det hade jag inte.”

”I trädgården hos gamla Mrs Hunter, tydligen. Men det konstiga är att hennes brorson är tillbaka i stan, och de säger att han dödade Julia. Sheriffen grep honom precis.”

”Jaha.” Carla kunde inte se varför det angick henne. Familjen Hunter var trubbel hon inte ville röra vid. För mycket pengar, för mycket makt. Hon mindes brorsonen, hade gått i skolan med honom. Han hade varit en populär sportkille, men lämnat stan för att gå med i militären, så mindes hon vagt. ”Förlåt, Lulu... varför ringer du mig?”

”För att Hunter-pojken sa att nån sätter dit honom. Sa högt, medan de satte på honom handbojorna, att han inte tänkte säga ett ord och att han ville ha en advokat. Han såg mig rakt i ögonen och lämnade en rejäl dricks. Visste inte vad jag skulle göra annat än att ringa dig, Miz Ramirez. Tänkte att du kanske kunde åka ner till stationen och hjälpa honom.”

Det här gick inte ihop. Lulu hyste ingen kärlek för Hunters; Philip Hunter, mannen som ägde halva stan, hade anställt och sparkat i princip varenda medlem av Lulus familj någon gång, inklusive hennes son Harry, som hade försökt – och misslyckats – med att ge igen med lite improviserad mordbrand på en av Philip Hunters fastigheter. Det hade inte gått bra. Harry hade avtjänat tre år på statens nåder i Cottonwood.

”Varför skulle en Hunter behöva mig?” frågade hon förbryllat. ”Philip har sina dyrt betalda storstadsadvokater här före lunch. Även om hans brorson mördade Julia Bulridge lär de kunna få honom fri utan en skråma.”

Hon var nästan hemma, svetten torkade snabbt på den kyliga huden, och hon längtade efter en varm dusch och ännu varmare kaffe innan hon kastade sig över pappershögarna på skrivbordet.

”Han bad om en advokat, Miz Ramirez”, sa Lulu envist. ”Och ni vet hur sheriffen står i Philip Hunters ficka? Han såg väldigt nöjd ut när han knäppte på honom bojorna.”

Det där var ännu mer ologiskt. Carla suckade, och i stället för att gå uppför trappan till badrummet efter att ha öppnat ytterdörren, tog hon bilnycklarna. Hon skulle åka ner till polisstationen och bara kolla läget. Se till att rätt rutiner följdes.

Den här gången blev Jason inte eskorterad in i sheriffens kontor, som mest liknade ett skattkammare för uppstoppade djur, utan in i ett kalt litet förhörsrum. De tryckte ner honom på en hård metallstol som var ordentligt bultad i golvet och lät händerna vara bojade bakom ryggen. Sheriffen satte sig, och de två andra ställde sig i rummets hörn och försökte se hotfulla ut.

Jason var verkligen inte imponerad. Han satt avslappnat, helt van vid att hålla ryggen rak och händerna bakom ryggen. Det var bara en sittande variant av paradvila, det var allt. Sheriff McCarthy försökte stirra ner honom, men bättre män än han hade misslyckats med den taktiken. Jason lät blicken glida över i en tusenmilablick och väntade. Det tog inte lång tid.

”Varför dödade du Julia Bulridge?” inledde McCarthy.

Jason rullade med ögonen. ”Vi vet båda att jag inte gjorde något sådant. Var är mitt telefonsamtal? Jag vill ha en advokat.”

”Du får ringa när jag jävlar i mig säger det!”

”Spelar du ens in det här?” Jason tittade demonstrativt runt i rummet, stirrade upp i hörnen. ”Är den där kameran ens på?”

”Den är på.” McCarthy malde märkbart tänder.

”Nå, alltid något. Då kan du inte slå skiten ur mig och hävda att jag gjorde motstånd vid gripandet.”

Ett ögonblick trodde han faktiskt att McCarthy skulle tappa besinningen och slå till honom ändå; mannen satte båda händerna i bordet och halvt tryckte sig upp på fötter, ansiktet lila av raseri.

En av biträdena harklade sig mycket osubtilt och McCarthy tvekade innan han sjönk ner i stolen igen, andades tungt.

”Du kommer att ångra att du nånsin kom tillbaka till Woodvale, Jason Hunter”, morrade han.

”Det gör jag redan, och jag hann inte ens träffa min moster.”

McCarthy blinkade åt det, rynkade pannan och öppnade munnen; han avbröts av ett skarpt knackande på spegelglasfönstret på ena väggen. Med en rynka i pannan tittade han upp mot det och skakade på huvudet.

”Gå och se vad det där är. Jag håller på med ett förbannat förhör här...”

I samma ögonblick som biträdet öppnade dörren trycktes den upp på vid gavel och en liten kvinna som en fyrboll briserade in.

"Du håller inte på med något förhör, sheriff McCarthy, för min klient har redan meddelat att han tänker utnyttja sin rätt att tiga tills hans advokat är närvarande. Nå, här är jag, och du kan ta av de där bojorna och dra härifrån!"

Flinande såg Jason på när den lilla kvinnan läxade upp sheriffen, krävde att de skulle flyttas till ett privat rum där hon kunde tala med honom under tystnadsplikt, och beordrade biträdena att ta av bojorna.

"Det får stå för er, Carla", fräste McCarthy, ansiktet illrött av frustration och vrede, "om han knäcker nacken på er som han gjorde på stackars Julia Bulridge!"

Carla hånlog åt honom. "Jag tar den risken." Hon kastade en blick genom fönstret i dörren mot där Jason satt i det nya, oövervakade samtalsrummet, händerna lugnt på bordet. "Han ser inte så farlig ut."

"Mannen är före detta Army Ranger, en tränad mördare!"

Hon bara skakade på huvudet, äcklad. "Dra åt helvete och låt mig prata med min klient, sheriff. Och våga inte förhöra honom igen utan att jag är med." Utan att bemöda sig om att invänta något svar öppnade hon dörren och slank in, och stängde den bakom sig med ett bestämt klick.

Jason tittade upp när advokaten kom in i rummet. Hon var verkligen pytteliten, tänkte han, mätte henne med blicken mot dörrkarmen; kanske en tum eller två över fem fot, om ens det. Hon hade träningskläder på sig, joggingskor och tights med en vindjacka uppdragen över toppen, det långa svarta håret uppsatt i hästsvans. Han undrade om samtalet från Lulu hade avbrutit hennes morgonträning.

"Tack för att du kom", sa han artigt.

Ett snett leende for över hennes ansikte när hon stod vid dörren och mätte honom med blicken. "Det här är inget kafferep, Mr Hunter." Hennes läpp kröktes efter att hon sagt efternamnet, som om hon hade fått något illa i munnen.

"Säg Jason."

"Carla Ramirez." Hon drog ut stolen på andra sidan bordet och satte sig smidigt. Drog ner blixtlåset på en ficka i vindjackan och tog upp telefonen. Han antog att hon skulle börja föra anteckningar medan hon ställde frågor och satt tyst och väntade på den första.

Efter en minut eller två märkte Jason att han rynkade pannan. Carla ignorerade honom fullständigt. Han passade på att studera hennes ansikte och tänkte att hon var en väldigt vacker kvinna. Hon hade klara, kopparfärgade ögon och en mjukt gyllene hudton som nog inte bara var solbränna med ett efternamn som Ramirez. Det hade aldrig funnits många latinamerikaner i Woodvale; han mindes ingen familj Ramirez från sin uppväxt här. Kanske var hon nyinflyttad.

Ett plingigt ljud som nådde hans öron fick honom att blinka. "Spelar du ett spel på din telefon?" frågade han häpet.

Carla sneglade upp på honom. "Japp. Vad annars ska jag göra?"

"Uh... uppträda som min advokat? Jag utgår från att du är advokat?" McCarthy skulle inte ha backat så lätt om han inte kände till henne, rimligtvis.

Carla suckade och slog ner telefonen på bordet. "Mr Hunter..."

"Jason."

"Jason, vi vet båda att jag bara är här för att sitta barnvakt åt dig tills din dyrt betalda storstadsadvokat dyker upp, och då kan jag gå tillbaka till att sköta mitt jobb och ta hand om mina faktiska klienter."

De stirrade på varandra, Jason fullständigt förbryllad och Carla föraktfull. Hennes uttryck gled långsamt över mot förvirrat, dock, när han sa:

"Ms. Ramirez, jag vet inte riktigt vem du tror att jag är, men du är den enda advokat jag väntar på, även om jag inte visste ditt namn innan du klev in här."

"Du är Jason Hunter, Philip Hunters brorson, och din familj äger den här stan", sa hon, men tonen var mindre fientlig nu, pannan rynkad.

"Jag tror att något har blivit hopblandat här, Ms. Ramirez. Min farbror kan vara rik, men det är inte jag. Någon dyr advokat blir det inte för min del. Jag hoppas att jag har råd med dina arvoden."

Carla stirrade på honom en stund till, ögonen sökte hans ansikte som om hon kunde läsa hans ärlighet där. "Du menar allvar", sa hon till slut. "Det kommer verkligen ingen annan för att företräda dig?"

”Jag har inte ens fått mitt enda telefonsamtal än.”

Carla fnös. ”Som om det skulle spela någon roll! Mc-Carthy och din farbror går hand i hand; Philip Hunter visste säkert om ditt gripande innan det ens hände, kunde ha satt sitt juridiska team i bilen innan bojorna åkte på!”

”Jag vill inte ha något att göra med några advokater min farbror skickar. De är förmodligen lika skumma som han.”

För första gången for ett genuint leende över hennes ansikte, ögonen tändes, och Jason, överrumplad, insåg att hon var fullkomligt bländande när hon log. ”Nu talar du mitt språk, Mr Hunter.”

”Jason.”

”Då får du kalla mig Carla.” Hon tvekade ett ögonblick innan hon räckte en liten, smal hand över bordet för att skaka hans. ”Trevligt att träffas, Jason.”

”Detsamma.” Han släppte hennes hand, lutade sig fram och stödde armbågarna mot bordet och sa: ”Nu, skulle du kunna tala om för mig vad fan som pågår i den här stan? Jag vet att jag har varit borta länge, men jag trodde verkligen inte att Woodvale skulle ha förvandlats till rena Twilight Zone medan jag var borta!”

Kapitel fyra

Carla kom på sig själv med att le åt Jasons klagande fråga. Hon sa: "Jag undrade om jag själv hade snubblat in i en alternativ verklighet när Lulu ringde och sa att Philip Hunters brorson hade gripits för mordet på Julia Bulridge. Jag tänkte att du måste ha blivit bokstavligen tagen på bar gärning."

När Jason rynkade pannan i uppenbar förvirring och drog handen över ögonen, studerade hon honom på nytt. Han klädde sig sannerligen inte som om han vore rik, tänkte hon; han bar en enkel svart T-shirt och urtvättade blå jeans. Hon hade sett de få tillhörigheter som biträdande sheriffarna tagit ifrån honom när de tog in honom; han hade bokstavligen bara haft ett par bilnycklar, en plånbok och en mobil i fickorna.

"Fryser du?" kände hon plötsligt att hon måste fråga. Förhörsrummet var inte mycket varmare än temperaturen utanför, och den låg knappt över tio grader. "Har du en jacka eller något jag kan hämta åt dig?"

"Jag gav min jacka till Julia Bulridge i går kväll. Den ligger säkert i en bevispåse vid det här laget och ska användas för att 'bevisa' min skuld", sa han torrt. "Det är lugnt. Jag är ganska härdad, tack ändå."

Det såg han ut att vara, tänkte hon, medan hon såg musklerna i hans armar och bröst röra sig under den tajta T-shirten när han lutade sig bakåt och knäppte händerna bakom huvudet. "Sheriffen sa att du är en Army Ranger?" frågade hon.

"Var, ja. Jag muckade för ungefär fyra månader sedan. Jag har varit i Guàlize sedan dess och hjälpt till att starta en antinarkotika-insatsstyrka inom deras polis, som civil rådgivare. Vilket är varför jag verkligen är förbryllad över hur de tror att de kan sätta dit mig för Julias försvinnande och mord, eftersom jag definitivt kan bevisa att jag kom tillbaka till USA först i går morse."

"Jag tror att vi börjar från början", insåg hon, "och jag borde verkligen anteckna. Ge mig en minut." Hon gick till dörren, öppnade den och beordrade en av biträdena utanför att hämta papper och penna åt henne. Hon visste att en fråga inte skulle ge något, men formulerad som en order fick den mannen att slå hälarna ihop och skynda i väg. Han kom tillbaka ett par minuter senare med ett nytt gult skrivblock och en penna; hon tackade honom med en kort nick och stängde dörren rakt i ansiktet på honom.

"Okej", sa hon när hon satte sig och kastade en blick upp på Jason igen, och såg ett road litet leende på hans läppar när han betraktade henne. "Vad?"

"Du är pytteliten och ser ut att vara runt nitton, men du får dem att fråga hur högt när du säger hoppa. Du hade varit en utmärkt officer."

”Försvaret fanns aldrig med i mina karriärplaner”, sa hon, men fann sig le åt komplimangen. ”Och jag är tjugosju, tack. Om du vill kolla mina meriter så har jag en juristexamen från Stanford och jag har varit medlem i Idaho State Bar Association i två år nu.”

”Stanford”, sa Jason och höjde ögonbrynen, gav henne en imponerad nick. ”Vad gör en Stanford-utbildad advokat i Woodvale?”

”Jag växte upp här. Det här är hemma.”

”Jag minns dig inte”, sa han, men hon var tre år yngre än han, tjugosju. Hon log snett när han gjorde huvudräkningen.

”Jag minns däremot dig. Bästa avgångselev, balens kung, lagkapten i amerikansk fotboll, framröstad som mest sannolik att lyckas. Toppade klassen på West Point också, hörde jag. Ändå lämnade du Rangers som bara löjtnant, vid trettio?” Hon gav honom en menande blick.

”Jag erbjöds befordran till kapten men tackade nej för att sluta”, sa Jason, till synes oberörd av kommentaren. ”Befordringar i Rangers växer inte på träd heller. Du är redan bäst av de bästa om du klarar Ranger School.”

”Varför slutade du?” Hon borde fråga honom om fallet snarare än om honom själv, men hon var ärligt nyfiken. Det var något med honom; hon kunde lätt se honom som en ledare för män, även för Rangers stenhårda kommandosoldater.

”Pengar.” Han hade blå ögon, klara och stadiga när blicken låste sig i hennes. ”Moster Roses sjukvårdskostnader är ganska saftiga. Jobbet i Guàlize betalar mer än dubbelt mot vad jag tjänat även som kapten.”

”Det är du som har betalat hennes sjukvårdskostnader?”

”Det är då fan inte min farbror! Ursäkta uttrycket, ma'am.”

Carla viftade bort hans ursäkt, oberörd. ”Det hade jag ingen aning om.”

”Känner du min moster?”

”Det gör jag.” Carla tvekade. ”Hon är en klient till mig.”

”Vilket betyder att du och min farbror inte kommer överens.” Jason log mot henne. ”Jag visste att det fanns en anledning till att jag gillade dig. Vad gjorde du för att reta upp honom — och varför är en smart kvinna som du fortfarande kvar här, där han kan göra ditt liv jäkligt obekvämt?”

Carla stirrade på honom. Jason stirrade tillbaka, nyfiken på om hon skulle svara. Det var hon som först sänkte blicken, tog upp pennan och tog av korken.

”Jag tror att du ska fylla i tidslinjen för vad du gjort sedan du kom i går. Förhoppningsvis kan jag börja slå fast ett alibi åt dig.”

Som ämnesbyte var det ett bra sådant. Jason suckade tyst och nickade, även om han fortfarande ville ha svar på sina frågor; både hur Carla lyckats reta upp hans farbror och varför hon ändå stannade kvar.

”Min mosters granne Mrs Barclay ringde mig för två dagar sedan”, började han, ”för att säga att hennes tillstånd hade försämrats.” Något hemskt slog honom då och han for upp ur stolen. ”Åh, herregud. Vet moster Rose att jag är här, att jag har blivit gripen? Om Mrs Bulridges kropp hittades på hennes bakgård...”

Carla höll upp en hand och gestikulerade åt honom att lugna sig. ”Jason, jag vet inte svaret på dina frågor, och du kan inte gå dit för att ta reda på det. Vill du ringa henne?” Hon sköt sin telefon över bordet mot honom.

Han grep den men tvekade ett ögonblick innan han bestämde sig för att ringa Barclays i stället för sin moster. Mr Barclay svarade.

”Jason! Herregud, grabben, vad i hela friden pågår?”

”Jag blir utsatt för en fälla”, sa han enkelt. ”Är tant Rose okej?”

”Emma är hos henne nu. Hon visste inte ens att du var på väg, vi sa inget — det här har varit en liten chock, är jag rädd.”

Jason knep sig över näsroten och knep ihop ögonen av oro. ”Jag har en advokat här med mig, Carla Ramirez.”

Barclay snappade upp den outtalade frågan. ”Du kan lita på henne. Hon är inte köpt av någon.”

”Det var skönt att höra”, sa Carla med en cynisk min tvärs över bordet. Jason vände bort blicken och koncentrerade sig på telefonsamtalet. ”Jag gjorde förstås inte det de anklagar mig för, det vet du.”

”Klart jag vet det”, sa Barclay strävt. ”Oroa dig inte för din moster, Jason. Vi ser efter henne. Se bara till att ta dig därifrån så fort du kan.”

”Tack, sir”, sa Jason uppriktigt innan han avslutade samtalet. Han sköt tillbaka telefonen till Carla, som la den i fickan.

”Kollade du upp mig?” sa hon.

”Någon i den här stan försöker sätta dit mig för mord. Då är det väl bara klokt att se till att du inte är med på det, eller hur?”

Hon nickade åt det och tog upp pennan igen. ”Okej, så Mrs Barclay ringde för att säga att din moster hade blivit sämre. Vad gjorde du då?”

”Jag gick till min chef, som omedelbart gav mig tjänstledigt på obestämd tid för att flyga hem och ta hand om henne. Jag har känt honom länge; han var min kapten i Rangers. Han är gift med den tillträdande presidentens i Guàlize dotter. Jag lovar att det finns flera hundra personer som kan placera mig i Guàlize ända fram till i förrgår, så det finns ingen möjlighet att jag varit inblandad i Mrs Bulridges försvinnande för tio dagar sedan... eller så är det kanske elva nu.”

”Hur vet du när hon försvann?” Carla gjorde snabba stenografiska anteckningar på sitt block.

”Såg en affisch på polisstationen, och Barclays pratade lite med mig om henne när jag gick förbi deras hus i går kväll och ställde några frågor. Bara av nyfikenhet, på grund av de märkliga omständigheterna.”

”Okej. Jag behöver kontaktuppgifter till din chef i Guàlize...”

Han gav henne den nödvändiga informationen, och som en eftertanke gav han henne också telefonnumret till överste Brody Cullane, chefen för hans förra Ranger-regemente. Ifall hon behövde ett oantastligt karaktärsvittne.

”Jag flög till Dallas och tog ett anslutningsflyg till Spokane. Hyrde en bil där. Mina biljettkuponger ligger i min duffelbag på motellrummet.”

Carla stannade pennan över sidan. ”Motellrummet? Sov du inte hos din moster?”

”Nej. Att hitta Julia på vägen och åka till polisstationen för att anmäla vad som hänt gjorde att det blev ganska sent när jag kom till hennes hus, och alla lampor var släckta. Jag gick till Barclays bredvid i stället. De bjöd in mig att stanna men jag valde att åka till motellet över natten i stället, ville inte tränga mig på. Jag åt middag med dem, åkte till motellet, checkade in och gick till mitt rum. I morse vaknade jag, gick till dinern och satt och åt frukost när McCarthy och hans muskelgäng dök upp.”

”Jag trodde du sov över hos din moster”, sa Carla och snurrade pennan mellan fingrarna medan hon såg tankfullt på honom. ”Och jag tror att sheriffen också gör det, med tanke på snacket jag hörde ute på expeditionen. Att vara på motellet skulle faktiskt kunna ge dig ett gediget alibi. Det finns övervakningskameror som täcker alla rumsdörrar, och det finns inga bakutgångar.”

”Du bör ta dig dit och hämta en kopia av materialet innan de fattar att jag tillbringade natten där och det mystiskt försvinner”, sa Jason halvt på skämt, men när Carla satte på pennkorken och sköt tillbaka stolen för att resa sig förstod han att hon tog honom på allvar. Att han inte var paranoid.

”Det är inte paranoia om de faktiskt är ute efter dig, va?” sa han torrt.

”Jag är rädd för det. Jag ser till att du flyttas till en cell innan jag går, men jag måste verkligen åka och bekräfta ditt alibi så snart som möjligt.” Hon gav honom ett litet leende. ”Vi får ut dig härifrån, Jason. De gick händelserna i förväg när de grep dig i stället för att bara ta in dig på förhör; jag får åtalet nedlagt i kväll om jag hittar materialet.”

”Tack.” Han reste sig när hon gjorde det, och insåg hur liten hon var när han tornade upp sig över henne. Han var ingen jätte på sina 178 centimeter, men hon var verkligen pytteliten. Hon såg upp på honom och log lite bredare, och han kunde inte låta bli att säga:

"Var försiktig, Carla. Jag skulle verkligen hata om något hände dig på grund av mig."

Hennes uttryck blev allvarligt, och hon nickade. "Det ska jag. Du också. Säg ingenting till polisen. Håll bara tyst tills jag kommer tillbaka."

"Råkar du kunna få dem att ge mig en kaffe? Helst en utan arsenik."

"Jag ska se vad jag kan göra. Just nu är det bäst att du sätter dig igen, annars försöker de väl påstå att du försöker vara hotfull."

Han var inte särskilt lång, saknade väl sju–åtta centimeter till sheriff McCarthys längd, men bredden över axlarna, hans militära, rakryggade hållning, den stadiga blicken i de blå ögonen, allt sammantaget gjorde honom till en högst skrämmande man. På något vis var hon inte det minsta rädd för honom. Även om det fanns en viss air av fara kring honom, en känsla av tygellagd kraft som kunde explodera i handling när som helst, fanns där också ett lugn som fick henne att känna sig helt trygg i hans närhet.

Jason höjde långsamt ett ögonbryn. "Är du rädd för mig?"

"Inte det minsta", sa hon ärligt. "Men jag har en känsla av att den som försöker sätta dit dig borde se sig väldigt, väldigt noga över axeln."

Leende satte han sig igen och la händerna på bordet. "Jag åberopar min rätt att tiga om det, ma'am."

"Bra, för jag vill verkligen inte veta vad du planerar att göra. Efteråt, däremot?" Hon stannade med handen på dörrhandtaget och gav honom ett förtroligt litet leende. "Tja, om du behöver en advokat, ring mig."

Biträdande sheriffarna förstod inte varför han satt och småskrattade för sig själv när de kom tillbaka för att sätta på honom handfängsel igen och föra honom till en cell. Carla krävde att han skulle placeras i en cell för sig själv.

"Ni påstår att han bröt nacken på en kvinna med bara händerna och vill sätta honom i allmänt förvar? Lägg av. Antingen är han en fara för alla runt omkring sig eller så är han det inte."

De verkade inte särskilt benägna att argumentera med henne — Jason skulle, ärligt talat, inte heller ha velat det — och han misstänkte också att allmänt förvar vore en dålig idé. En man som anklagas för att ha mördat en liten gammal tant blir ett mål där inne, och även om han inte oroade sig för att bli skadad skulle det inte hjälpa honom om han tvingades försvara sig och eventuellt skada andra i processen.

"Och fixa lite kaffe åt honom. Inte den där äckliga skiten ni dricker ute på expeditionen. Gå in till Melissa's bredvid och hämta ett riktigt kaffe."

Biträdet sträckte ut handen; Carla gav honom en sarkastisk ögonrullning. "Ser jag ut att bära handväska? Jag blev avbruten under min joggingrunda för att ni idioter gick händelserna i förväg. Hämta kaffe åt honom så gör jag rätt för mig senare."

Så stark var hennes utstrålning att mannen nästan slog hälarna ihop. "Hur vill du ha ditt kaffe... sir?" lade han till när Jason gav honom en hård blick. Carla fnissade bakom handen.

"Svart, dubbel espresso, två socker", sa Jason. "Tack, Deputy Allen." Han läste på mannens namnbricka och gav honom en gillande nick. En officer till en menig.

Allen tog av handfängslen innan de ens förde in Jason i cellen, sänkte huvudet och såg urskuldande ut när celldörren slog igen. Carla viftade bort båda männen och Allen skyndade i väg, rimligen för att hämta Jasons kaffe. Carla klev nära gallret, sträckte ut handen och lade den på Jasons där den höll i metallen, vilket överraskade honom.

"Håll ut, Jason. Jag är tillbaka så fort jag kan."

Hennes fingrar var svala och lätta mot hans; intrycket av hennes beröring dröjde kvar länge efter att hon gått och han lämnats ensam med sina tankar.

Kapitel fem

Carla kunde inte sluta tänka på Jason när hon lämnade polisstationen och gick längs gatan mot motellet. Hon visste att hon nog borde åka hem, duscha och byta till mer professionella kläder, men den sneda minen han haft när han sa *Det är inte paranoia om de faktiskt är ute efter dig* fastnade hos henne, orden ekade i hennes huvud.

Det var märkligt, tänkte hon medan hon skyndade mot motellet, ökade takten och började jogga igen, hur hon inte för en sekund hade tvivlat på hans försäkran om oskuld, redan innan han berättat om sitt alibi. Det var inte bara att hon tidigare hade stött på sheriffens korrupta tilltag; något med Jason i sig ingav henne förtroende.

Visst, det skadade väl inte heller att han är rätt lätt för ögat, tänkte hon torrt när hon svängde upp på tvärgatan som ledde till motellet. Kort mörkbrunt hår, de där klara blå ögonen, och en djup solbränna från den heta guàlizeanska solen som framhävde ett ansikte som kanske inte var klassiskt snyggt — hon var rätt säker på att näsan hade varit bruten minst en gång — men som definitivt hade en robust dragningskraft.

Var professionell, Carla, sa hon strängt till sig själv. *Han är din klient, och han behöver att du tänker med hjärnan, inte med libido!*

Den stränga självförmaningen hindrade henne ändå inte från att tänka att när hon väl rentvått hans namn, kanske hon skulle kunna bjuda ut honom på en kaffe. Hon skakade av sig den vilsna tanken, klev in i motellets reception och knackade på klockan på disken.

"Ett ögonblick!" ropade en röst från bakrummet, men det dröjde ett par minuter innan en medelålders kvinna kom ut och ställde sig bakom disken. Hon såg trött och stressad ut, men fick fram ett litet leende åt Carla.

"Nå, hej där, Miss Ramirez. Vad kan jag hjälpa dig med?"

"Säg Carla, för det första." Carla satte på sitt vänligaste uttryck och log. "Det är Nora, eller hur?"

Kvinnan nickade och log tillbaka. "Det stämmer. Vad kan jag hjälpa dig med då, Carla?"

"Er övervakningsfilm från i går kväll. Ni hade en gäst som har anklagats för ett brott, men han hävdar att han var här hela natten. Jag vill ta en titt."

"Visst", sa Nora och ryckte vänligt på axlarna. Hon hade uppenbarligen inte hört att Julias kropp hade hittats än, tänkte Carla. Nora öppnade den lilla sidodörren bakom disken och vinkade in henne. "Kom igenom så spolar jag tillbaka åt dig. Vet du när han kom?"

"Hade du många gäster i går kväll?" frågade Carla nyfiket.

”Tja, det är ju jaktsäsong. Tror vi har runt fem som bor här för det just nu? Och en kille som kom i går kväll, en Mr Hunter... är det din kille?”

”Det är det”, medgav hon.

”Han var trevlig, en riktig gentleman.” Nora nickade. ”Vad har han gjort?”

”Det kan jag inte diskutera, Nora. Klientsekretess, du förstår... och jag är rätt säker på att han inte gjorde det i alla fall.”

”Självklart.” Nora ryckte på axlarna, inte det minsta besvärad av att få sin fråga undanslätad. Hon slog sig ner framför en dator och lyfte en pappershög från en andra stol så att Carla kunde sätta sig. ”Han kom hit vid nio, tror jag.” Hon grep tag i musen. ”Vi tar och tittar.”

Nora missade med mindre än tio minuter. Tidsstämpeln visade 20.51 när Jasons kraftiga gestalt först kom in i kamerans synfält, gående in på motellets parkeringsplan med sin duffelväska över axeln.

”Där är han”, mumlade Carla och såg bilden av honom bli större när han närmade sig kameran. Han försvann ur bild några sekunder senare och Nora växlade till kameran inne i receptionen.

De båda kvinnorna tittade på filmen under tystnad medan Jason pratade med Nora, fyllde i ett papper och räckte över sitt kreditkort för att dras innan han fick en rumsnyckel i retur.

”Jag gav honom rum 31”, sa Nora, och rodnade lätt när hon la till: ”Det har precis renoverats, fått en helt ny säng och allt, det är det finaste rum vi har. Jag ska egentligen ta mer betalt för det, men han var så trevlig att jag... lät bli.”

Carla dolde ett litet leende. "Han sa att han sov väldigt gott här", ljög hon, så att Nora log bredare och hennes rodnad djupnade.

"Nå. Han betalade bara för en natt, men jag hoppas verkligen att han kommer tillbaka." Hon klickade med musen igen. "Och tur för dig, en av kamerorna pekar nästan rakt mot dörren till rum 31."

"Det gör den", mumlade Carla, medan de såg Jason gå fram till dörren, låsa upp, gå in och stänga efter sig. Lampan tändes, och de såg tydligt hur han stod framför fönstret bredvid dörren och såg sig omkring ett ögonblick. Han satte sig på sängen väl synlig för kameran, tog av sig kängorna och drog tröjan över huvudet.

Det var inte världens skarpaste bild, men båda kvinnorna fick en god blick av den kraftiga, vältränade muskulaturen över bröst och axlar.

"Oj då", sa Nora, vars rodnad nu spred sig över hela ansiktet. "Tror du att han ska...?"

Carla hoppades verkligen det, men just då reste sig Jason och gick fram till fönstret för att dra för gardinen.

"Åh", sa Nora med tydligt besviken ton, och Carla fnissade till.

"Nu, nu, jag vet att det var en fin utsikt men vi ska ju egentligen inte *vilja* vara smygtittare."

Nora skrattade också, lite skamsen. "Du har rätt, förstås." Hon tog händerna från sina blossande kinder och grep musen igen. "Nå, om han säger att han stannade på sitt rum hela natten, så kan vi väl snabbspola..."

Hon satte uppspelningen på tio gånger hastigheten och de tittade tysta medan lampan bakom gardinen släcktes. Det var inte minsta rörelse i bilden förrän det började ljusna med gryningen. Gardinen drogs åt sidan strax efter;

Nora saktade genast ner återspelningen till realtid och de båda kvinnorna fick nu se Jasons muskulösa rygg när han gick bort från fönstret mot sängen, öppnade sin duffel för att ta fram en ren T-shirt och drog på sig den. Han lämnade rummet några minuter senare, och gick ut ur bild åt höger, bort från kontoret. Nora valde kameran över parkeringsplanen igen, och det sista de såg av Jason var när han gick bort från motellet i riktning mot dinern.

"Det verkar ganska avgörande", sa Carla.

"Det finns inget sätt att ta sig ut ur de där rummen förutom genom dörren och det främre fönstret", nickade Nora. "Behöver du en kopia av det här?"

"Ja, tack. Allt från, säg, åtta i går kväll till åtta i morse?" Det skulle mer än täcka den tid Jason varit på motellet.

Nora öppnade en låda i disken och fiskade fram ett USB-minne, som hon satte i datorn. "Det tar några minuter att kopiera över. Vill du ha kaffe?"

"Det låter underbart", medgav Carla. "Såvida jag inte håller dig ifrån jobbet?"

Nora skakade på huvudet. "Jag har receptionen i morse och vi har inga gäster inbokade. Mr Hunter skulle checka ut, däremot, vad ska jag göra åt det? Han tog inte med sig sin duffelväska när han gick."

Carla ville innerligt hämta väskan, men om hon gjorde det kunde polisen hävda att hon hade manipulerat bevis. "Jag räknar med att polisen kommer och hämtar hans saker snart, Nora, oroa dig inte. Om de inte gör det betalar jag för minst en natt till. Jag lämnar mitt kreditkortsnummer och du kan debitera om det behövs, så att du inte hamnar i knipa."

”Det var väldigt snällt av dig”, sa Nora glatt, och reste sig för att slå på kaffemaskinen på ett bord intill efter att hon startat filöverföringen. ”Tack så mycket.”

Carla rev loss ett blankt blad från det gula juridikblocket hon fortfarande bar på, skrev ner uppgifterna, vek pappret och räckte det till Nora. ”Bara om du behöver det, tänk på det, och inga shoppingrundor”, sa hon med ett leende. Hon kände knappt Nora, men kvinnan hade varit mer än hjälpsam. De hade delat en viss kamratskap när de tittade på Jason rör sig barbröstad på film, en liten hemlighet dem emellan om hur mycket de hade uppskattat det.

De satt och sippade på sitt kaffe, Nora pladdrade på och berättade för Carla om hur hennes äldste son skulle ta examen från high school det året och hoppades läsa pre-law vid University of Idaho, när en röst snäste:

”Vad är det som pågår här? Jag betalar er inte för att sitta och dricka kaffe!”

Nora verkade krympa in i sig själv. ”Förlåt, Mr Wells”, sa hon, ställde ner sin kopp och reste sig. ”Vi har inte haft några kunder än i dag. Bara Carla — Miss Ramirez — som kom in för att...”

”Och det är en annan sak, ingen får vara här bak”, fräste Wells. Carla visste att han var motellets ägare, en elak man som knep sina slantar tills de pep. Det måste vara ett helvete att jobba för honom. Hon kände plötsligt djup sympati för Nora, som tömde sitt kaffe i vasken och diskade koppen.

”Du måste gå”, vände Wells sin min mot Carla.

”Som du vill.” Hon gick bort till Nora, ställde ner koppen så att den andra kvinnan kunde diska den. ”Säg inte varför jag var här”, viskade hon mjukt i Noras öra. ”Säg att vi är vänner och att jag bara tittade förbi för att snacka lite." Wells levde om i ett arkivskåp på andra sidan rummet; Carla var rätt säker på att han inte kunde höra. Nora gav en nästan omärklig nick.

Vänd mot rummet igen klev Carla framför datorn, handen smög bakom ryggen för att dra ut USB-minnet ur porten och stoppa det i fickan på sin vindjacka. "Tack för kaffet, Nora", sa hon högt. "Vi ses på Melissas nästa gång, däremot. Och jag ska kolla om jag kan hitta de där gamla pre-law-böckerna till Nate. Han kan läsa på under sommaren, skaffa sig ett försprång!"

"Det vore toppen, vännen", sa Nora tacksamt. Carla kastade en blick tillbaka på henne och fick en konspiratorisk blinkning; trygg i att Nora inte skulle avslöja varför hon varit där, gav sig Carla av. Hon var halvvägs nerför gatan när en polisbil passerade henne, sheriffen bakom ratten; hon vände sig om och såg den svänga in på motellets parkeringsplan.

Sheriffen pratade med Barclays, insåg hon; fått veta att Jason hade valt att ta ett motellrum för natten. En känsla av brådska fyllde henne plötsligt och hon ökade tempot till snabb löpning, hon ville komma till kontoret och ladda upp övervakningsfilmen på minnet till säker lagring så fort som möjligt.

Carla hade sitt kontor i vardagsrummet hemma. När hon låst upp gick hon raka vägen till skrivbordet och satte i USB-minnet. Hon hade sett överföringen slutföras på skärmen bakom Nora medan de pratade, visste att filerna fanns där. Hon undrade om hon kanske var lite väl paranoid, men tog ändå tid på sig att lösenordsskydda filerna och ladda upp dem till alla molnlagringstjänster hon använde. Efter några minuters funderande skickade hon ett mejl till en vän från juristutbildningen som nu jobbade på FBI, med en notis.

"Om du inte hör av mig inom 48 timmar, öppna de här filerna. De utgör alibit för en man vid namn Jason Hunter som jag tror blir utsatt för en fälla för mord..."

Nöjd med att hon gjort allt hon kunde för att säkerhetskopiera datan, skickade hon mejlet, tog ut USB-minnet ur datorn och funderade på var hon skulle gömma det. Till slut ryckte hon på axlarna. Om det värsta hände, skulle hon ändå sluta med att berätta för den som förhörde henne exakt var det fanns; Carla hade inga illusioner om sin förmåga att stå ut med smärta eller tvång. Hon slängde minnet i översta skrivbordslådan.

Till sist var det dags att gå och duscha och göra sig lite mer professionell. Hon behövde åka och träffa Rose Hunter och Barclays; hon var rätt säker på att Jasons första fråga nästa gång hon såg honom skulle gälla hans mosters mående.

På väg ut ur huset igen, iförd en snygg byxkostym och med portföljen i handen, slog det henne något. Hon gick tillbaka till kontoret för att ringa seniora länsåklagaren, en man från en annan stad som hon stod på ganska god fot med. Hon hade sommarjobbat som paralegal på hans kontor under juristutbildningen. Det hon fick veta fick henne att skaka på huvudet av avsky; sheriffen hade inte ens brytt sig om att rådgöra med åklagarkammaren innan han ringde domaren för att få en anhållningsorder. Marcus Devereaux, åklagaren, lät rasande i luren när hon uppdaterade honom.

"Skicka kopior av filerna till mig", bad han. "Om de visar det du säger att de gör, häver jag ordern omedelbart och din man blir fri. Jag har pratat med rättsläkaren i morse och han har preliminärt satt dödstidpunkten till omkring midnatt.”

Carla slöt ögonen och drog en lättnadens suck, över att få Jasons oskuld helt bekräftad. ”Jag skickar dem till dig nu”, sa hon, ”förlåt om jag verkar lite paranoid, men efter den där DNA-historien i Moritz-målet...”

”Jag förstår helt, Carla”, sa Marcus till henne. ”Vi vet båda att McCarthy är korrupt. Vi måste bara ta honom på bar gärning så är han borta, det lovar jag.”

Hon tackade honom igen innan hon lade på och gick för att hämta bilen. Första stopp: Rose Hunter, för att kolla hur hon mådde, innan hon åkte tillbaka till Jason och gav honom de goda nyheterna.

Kapitel sex

Gatan där Rose Hunter bodde var en lugn återvändsgränd, vilket var bra just den här morgonen, tänkte Carla. Sheriffkontoret hade spärrat av hela gatan med avspärrningsband, även om ingen faktiskt stod där och vaktade. Hon ryckte på axlarna, klev över det slokande bandet och gick mot Rose Hunters hus, bara för att till sin fasa hitta den gamla damen i telefon med banken för att försöka ordna ett lån med huset som säkerhet, så att hon kunde få fram borgen för Jason, medan Mrs Barclay stod bredvid och såg hjälplöst på.

"Jag försökte stoppa henne, men hon är envis som en åsna", sa Mrs Barclay till Carla.

"Jag fixar det här", sa Carla, tog luren ur Roses hand och stängde av telefonen. "Du belånar inte huset. Jason sitter hellre i fängelse än ser dig göra det, men det behövs inte ändå. Jag har ordnat hans alibi och åklagaren kommer att få häktningsordern upphävd. Han är fri till i kväll."

Rose hade just tänkt dra igång en ursinnig harang, men bara orden "Hur vågar..." hann slinka ut innan hon insåg vad Carla sa. Tårar steg i hennes urblekta blå ögon.

"Välsigne dig", kvävde Rose fram och trevade efter Carlas hand. "Välsigne dig."

"Det är okej, Mrs Hunter." Carla slöt försiktigt om de sköra fingrarna, förskräckt över hur mycket bräckligare Rose blivit under de få veckor som gått sedan hon såg henne sist. Pappersvit hud stram över höga, eleganta kindben fick henne att se nästan skelettlik ut. Hon bar en sidenscarf virad runt huvudet för att dölja att hon saknade hår, och på ovansidan av vänster hand satt en permanent venkanyl.

Hon dör, insåg Carla, *och snart*. "Jag ska ha Jason hos dig inom några timmar", lovade hon innerligt. "Det ger jag dig mitt ord på."

En ensam tår bröt sig loss och gled nedför Roses kind. "Välsigne dig", viskade hon igen. "Jag bad inte att han skulle komma tillbaka. Jag var rädd att något skulle hända, även om jag aldrig trodde att de skulle gå så långt..." Hon slöt ögonen mot fler tårar. "Det är inte hans fel. Ingenting av det här är hans fel."

Carla tvekade, och bestämde sig sedan för att hon måste fråga, även om det egentligen inte angick henne. "Vad var inte hans fel, Mrs Hunter? Jag förstår inte varför det här har hänt."

Rose suckade och öppnade ögonen igen. "Du sätter dig nog bäst, kära du. Emma, kan du göra lite te?"

"Självklart", sa Mrs Barclay och for viktigt iväg till köket medan Carla slog sig ner.

"Jasons farfar Peter och min man Paul Hunter var enäggstvillingar", började Rose. "Deras far var mycket framgångsrik; han ägde sågverket och byggde halva stan. Han lämnade sin förmögenhet lika till sina två söner och förväntade sig att de skulle sköta den tillsammans. Bara några månader senare omkom Peter och hans hustru i en bilolycka; Jasons far David överlevde. Han var bara elva. Paul och jag blev förstås hans förmyndare, och David växte upp tillsammans med vår son Philip." Rose suckade dimmigt och blickade ut genom fönstret. "David var en underbar pojke; jag älskade honom som min egen. Philip var fem år yngre och jag tyckte det skulle vara fint om de två fick vara som bröder."

"Varför får jag en känsla av att det inte blev så?" frågade Carla, när Emma Barclay kom tillbaka med tet och började hälla upp.

"Philip hatade David från första stund han kom för att bo hos oss, trots att David förstås var fullständigt förkrossad efter att ha förlorat sina föräldrar. Philip hävdade att vi daltade med David, att vi inte ville ha honom, Philip, längre nu när vi hade David, vilket var löjligt förstås – Philip var ju vår son! Han var svartsjuk på allt David hade, allt han gjorde. När David började dejta Jessica Bateman — hon var den sötaste flickan i stan — gjorde Philip allt för att sabotera dem, barnsliga dumheter men så upprörande. Till slut bestämde sig David för att lämna stan och gå med i armén, och Jessica följde med honom. De gifte sig och fick Jason. De var väldigt lyckliga, även om armén skickade David på uppdrag borta långa perioder."

Carla drack sitt te under tystnad och lyssnade medan den gamla kvinnan mindes. Rose Hunter hade verkligen älskat sin föräldralöse brorson och hans hustru, tänkte hon, och hennes egen sons beteende hade uppenbart plågat henne djupt.

"David stupade i tjänst -95", fortsatte Rose, "och Jessica visste inte vad hon skulle göra. Jason var bara en liten pojke; hon hade ingen annanstans att ta vägen än tillbaka hit, tillbaka till sin familj."

"Jag antar då att Jason fortfarande är arvtagare till hälften av familjeföretagen?" sa Carla, lite förbryllad. "För han sa till mig att 'min farbror är rik, men det är inte jag'."

Rose gav ifrån sig ett litet jämrande, handen darrade. "Åh Gud, jag önskar att han var det, Carla. Jag önskar det. Det är allt mitt fel…"

"Snälla, oroa dig inte", sa Carla mjukt och sträckte sig instinktivt mot henne.

"Paul, min man", samlade Rose sig och fortsatte, "han hade alltid behandlat David som sin son lika mycket som Philip, trots Philips svartsjuka, och David litade på att han skulle ta hand om hans andel av verksamheten. Jag var medförvaltare av Davids trust, och jag trodde att Paul gjorde det rätta, förstås — jag hade ingen anledning att tro något annat. Så när han bad mig att skriva på papper som flyttade runt olika tillgångar, gjorde jag det förstås. Till slut visade det sig att Paul hade flyttat misslyckade tillgångar till Davids namn, bort från sina egna, och allt snöade på — inte länge efter att David dog var hans dödsbo bankrutt."

"Det var inte ditt fel", försäkrade Carla tyst, yr i huvudet av bomben att Jasons egen farbror medvetet hade förstört David Hunters förmögenhet, och därmed också Jasons.

"Jag borde ha förstått. Borde ha kollat upp", skakade Rose på huvudet. "Jag glömmer aldrig uttrycket i Jessicas ansikte den dag Paul berättade det. Han var *självgod*, brydde sig inte ens om att låtsas vara medlidsam. Sa rakt ut vad han hade gjort. Jag trodde hon skulle slå honom."

”Jag tycker hon behärskade sig väldigt väl om hon *inte ens* slog honom”, sa Carla torrt.

”Det kunde hon inte riktigt, med Jason stående där och klamrande vid hennes ben. Hon bara vände på klacken och gick. Jag var så chockad; jag hade inte insett förrän just då vad som hade hänt. Jag konfronterade Paul och frågade varför han gjort det; han påstod att allt var för Philips skull.” Rose skakade på huvudet. ”Nå, jag sa inget, men nästa dag tog jag bilen och körde hela vägen till Spokane och sålde varenda smycke jag ägde. Jag tömde mitt bankkonto och pratade med en skilsmässoadvokat. Sedan körde jag tillbaka till Woodvale och gav alla pengar till Jessica.”

”Jag kan tänka mig att det föll väldigt, väldigt illa ut hos din man”, sa Carla efter en stunds chockad tystnad.

Roses leende var stelt. ”Familjen Bateman bjöd in mig att bo hos dem. Jessicas far var sheriff då; en fin man. Jag är honom skyldig mitt liv, för jag är helt säker på att Paul tänkte döda mig när han kom och letade efter mig den där natten med en pistol. Han skrek och rasade som en galning, ropade att han skulle döda Jessica och Jason också. Jag har aldrig varit så rädd i hela mitt liv.” Hon skakade på huvudet och sa lågt: ”Joe Bateman sköt honom till döds på gatan.”

”Oj”, sa Carla, med munnen på glänt. Hon hade hört historien förut; det var den största skandalen som någonsin hänt i Woodvale, men att få höra den av Rose Hunter själv gav en ny vinkel. Hon hade aldrig förstått att Rose hade lämnat sin man för att Paul Hunter medvetet ruinerat sin brorsons dödsbo.

”Philip gick sista året på college. Han kom hem och tog över alla verksamheter, brydde sig aldrig om att ta examen.

Paul dog innan han hann ändra sitt testamente, så jag fick åtminstone det lilla han hade lämnat mig — tillräckligt för att köpa det här huset i alla fall." Rose viftade vagt med handen. "Jag bjöd in Jessica att ta med sin son och flytta in hos mig. Hon var som dottern jag aldrig fick."

Allt detta förklarade varför Jason var så fäst vid den gamla damen, insåg Carla. Hon var mer som en daltande mormor för honom än en gammelmoster som inte ens var släkt med honom genom blod.

"Vad hände med Jessica?" var hon tvungen att fråga.

"Åh, när Joe Bateman gick i pension köpte han och hans fru en lägenhet i Florida, och de brukade tillbringa hela vintern där nere innan de till slut flyttade dit permanent. Jason hade redan åkt till West Point då, och Jessica brukade åka ner och hälsa på sina föräldrar ganska ofta. Hon föll för en man där nere och gifte om sig. De äger ett litet företag där, ett poolserviceföretag; det går bra för dem." Rose ryckte lite på axlarna, en aning sorgset. "Jag är glad för hennes skull, men jag saknar henne. Hon skriver till mig minst varje vecka. Det gör Jason också, för den delen."

"Varför flyttade inte du också?" var Carla tvungen att fråga, även om hon anade svaret; det var samma som hon själv hade gett Jason på häktet.

"Det här är mitt hem", sa Rose, och Carla nickade, inte det minsta överraskad. "Jag är född här i Woodvale och alla mina lyckligaste minnen finns här. Trots allt det dåliga som också hänt, skulle jag aldrig ha velat bo någon annanstans."

Carla visste precis hur det kändes. Hon log mot Rose och tog en klunk av sitt te medan den gamla damen lutade sig tillbaka i stolen och suckade trött.

"Du får verkligen ut min pojke därifrån i dag, Carla?" frågade Rose efter en minut.

"Det får jag. Jag väntar bara på en återuppringning från åklagaren som bekräftar att häktningsordern har upphävts." Carla tog upp mobilen ur väskan och sneglade på den. Som om själva gesten hade framkallat det började telefonen ringa. "Ursäkta."

Carla gick ut på husets veranda för att ta samtalet och lutade sig mot räcket. "Carla Ramirez", sa hon som hälsning.

"Det är Marcus Devereaux på åklagarkammaren. Jag skulle fråga vad sjutton som pågår i den där stan, men det vet jag redan."

Hon suckade och knep om näsroten. "Säg."

"Jag ringde McCarthy för att skälla ut honom för att han inte kom till mig för att diskutera möjligheten att åtala det här som ett mordfall innan han tog ut en häktningsorder för Jason Hunter. Han var självgod som få; hävdade att fallet är glasklart. Julia Bulridges kropp hittad på gamla fru Hunters bakgård, iförd Jason Hunters jacka, nacken bruten av någon med stor styrka."

Från där hon stod kunde Carla se det gula polisbandet som fortfarande hägnade in bakgården. Två tekniker från brottsplatsundersökningen var fortfarande där och finkammade platsen, två andra stod vakt vid sidogrinden och varnade nyfikna förbipasserande. Inte för att det borde *vara* några förbipasserande, eftersom Rose Hunters hus låg längst in i återvändsgränden. Carla skakade på huvudet och återgick till samtalet.

"Det betyder inte att han dödade henne; och eftersom han har ett bergfast alibi i att han kom in i landet först i går kväll, förklarar det absolut ingenting om var hon har varit de senaste veckorna."

"Jag började med just det, kan jag försäkra dig", sa Marcus bestämt. "Och då försökte han säga att det inte gick att bevisa att Jason Hunter hade bott på motellet i natt, eftersom övervakningskamerorna strulade och nattportieren inte minns honom."

Förbluffad tog Carla en sekund för att ta in det. "Vän ta... menar du att kameramaterialet redan är raderat och att Nora blivit skrämd till tystnad? Det var bokstavligen minuter efter att jag gick därifrån som McCarthy dök upp på motellet! Jag såg honom köra in!"

"När jag sa att du redan hade mejlat mig en kopia av materialet, bytte han ton direkt. Sa att motellägarens påstående måste vara ett misstag", sa Marcus med en knastertorr ton.

"Javisst, säkert", sa Carla lika cyniskt.

"Jag är på väg till domare Robards kontor nu. Jag möter dig på polisstationen inom en timme så får vi ut din man."

"Tack, Marcus", sa hon tacksamt.

"Varsågod, gumman", skrattade han. "Kom över på middag snart. Suze tjatar på mig att bjuda in dig, det är en kille hon jobbar med som hon vill presentera dig för."

"Ja till middagen, nej till äktenskapsförmedlingen", sa Carla med ett skratt. Hon la på och gick in igen för att ge Rose de goda nyheterna.

"Jag borde ha honom här hos dig inom högst ett par timmar", lovade hon. "Jag ringer om det blir någon försening, okej?"

"Det ska nog gå bra, kära du." Rose klappade hennes hand. "Emma är här och håller mig sällskap och två andra väninnor kommer strax för en omgång bridge."

"Jag tror faktiskt att det är dem nu", sa Mrs Barclay och kikade förbi spetsgardinen på en bil som just svängde in utanför. "Ja, det är det. Gå du, Carla. Vi håller Rose sysselsatt tills du och Jason kommer tillbaka."

Kapitel sju

CARLA KOM TILL POLISSTATIONEN strax före Marcus; den långe, välklädde åklagaren höll upp dörren för henne när hon gick fram mot honom med ett leende.

"Har du den?" hon nickade mot mappen med papper i hans hand.

"Japp. Domare Robards var inte pigg på det, men när jag torrt informerade honom om att jag skulle vägra väcka åtal eftersom bevismanipulation redan hade skett, och dessutom upplyste honom om att du skickade en kopia till din kompis på FBI, så vek han sig rätt snabbt."

Carla skakade på huvudet, läpparna stramades. "Ännu en av Philip Hunters polare", sa hon lågt, noga med att hålla rösten så dämpad att ingen utom Marcus kunde höra. "Ibland känns det som att du och jag är de enda i hela rättssystemet i det här länet som inte är smutsiga."

Marcus svarade med ett påklistrat leende, gjort för att lura åskådare att tro att de hade ett trevligt samtal i stället för det väldigt allvarliga de faktiskt förde. "Jag har sonderat terrängen hos folk i delstatens högsta domstol, Carla, men jag måste röra mig försiktigt. Hunter är en viktig man, han känner många. Om jag ställer fel fråga till fel person..." i ett ögonblick såg linjerna vid ögonvrårna väldigt djupa ut. "Jag har en fru och två barn, Carla."

"Jag vet", svarade hon tyst, "och jag lovar att jag aldrig skulle göra något som riskerar Suze och barnen. Aldrig."

"Jag vet." Han drog ett djupt andetag och sträckte på sig. "Kom nu. Vi ska få ut familjen Hunters svarta får ur häktet."

"Jag tror du har blandat ihop metaforerna", sa Carla torrt. "Jag är ganska säker på att Jason Hunter faktiskt är killen man vill ha vid sin sida. Han var bara den enda som var smart nog att dra härifrån så fort det bara gick och skapa sig ett liv någon annanstans."

"Uppenbarligen smartare än oss alla, då", sa Marcus med ett litet flin, "trots alla våra fina Ivy League-examina."

Carla log, oförmögen att säga emot, och vände leendet mot skrivbordskonstapeln när han tittade upp på dem, misstänksam.

"Hämta sheriff McCarthy", sa Marcus, kallt och flackt, "*nu*."

Fotsteg utanför cellen väckte Jason ur en lätt dåsighet; även om han inte var trött hade livet i Rangers lärt honom att ta sömnen när och var den gick att få. Han brydde sig inte om att resa sig, inte än, utan rullade bara på huvudet för att se vem som kom till celldörren. Deputies hade satt honom i en cell längst bort i raden, utan grannar, ingen att prata med. Inte för att han var särskilt sugen på att småprata med någon annan som kunde sitta inlåst i Woodvales arrest.

Det var Deputy Allen, med Carla och en lång, snygg man i fyrtioårsåldern med trötta linjer runt ögonen, iklädd en fin kostym och välputsade skor. Carla log, ett spänt, triumferande litet leende. Deputy Allen såg nervös ut och den långe mannen såg bara trött ut.

"Det här är biträdande distriktsåklagare Devereaux, Jason", sa Carla. "Öppna dörren, Deputy Allen."

"Javisst, ma'am", sa Allen och fumlade med en stor nyckelring.

"Jag har här ett officiellt återkallande av din arrestorder, Mr Hunter", sa Devereaux och höll upp ett papper som såg mycket officiellt ut. "Du är fri att gå."

"Det gick fort", sa Jason, imponerad, och rullade lätt upp på fötterna när Allen äntligen fick upp dörren. "Du är bra, Ms. Martinez. Behövde visst inte de där dyrt betalda storstadsadvokaterna ändå."

Hon skrattade och log upp mot honom när han kom till dörren och räckte fram handen till Devereaux för att skaka. "Jag har redan bett om ursäkt för det."

"Det gjorde du, och du blev förlåten, men det betyder inte att jag kommer sluta nämna det", grinade Jason mot henne. "Men allvarligt, tack. Ska jag förstå det som att jag inte längre är föremål för utredning?"

"De band Carla skickade över räcker gott för mig", svarade Devereaux. "Jag skulle avböja att åtala vilket fall som helst som bygger på det jag redan har sett, inklusive den tydliga bevismanipulationen från sheriffkontoret. Och det kommer att utredas, det försäkrar jag dig."

Deputy Allens nacke blev röd, men han sa inget, utan stirrade rakt fram när han ledde den lilla gruppen tillbaka nerför korridoren.

"Er plånbok, sir", sa Allen när de nådde sergeantens lucka längst fram; en grund plastbricka räcktes fram. Innehållet i hans fickor, som hade beslagtagits och förtecknats när han fördes in. Det var inte mycket; bara hans plånbok och mobiltelefon.

"Jag hade ett motellrumsnyckelkort också", sa Jason när han stoppade undan sina saker.

"Det har lämnats tillbaka till motellet."

"Okej." Han antog att hans hyrbil och resten av hans tillhörigheter förmodligen hade tagits i beslag som bevis, men just då var de inte hans bekymmer. Dem skulle han ta tag i senare. Efter att han hade träffat moster Rose.

"Vill du ha skjuts till din mosters hus?" frågade Carla, och han välsignade henne tyst för att hon läste hans tankar.

"Ja, tack."

"Min bil står precis utanför." Hon sa snabbt hej då till Deveraux och ledde sedan Jason ut till parkeringen och pekade på en silverfärgad Toyota Camry. "Den där är min."

Nickande gled Jason ner i passagerarsätet och satt still medan Carla startade bilen.

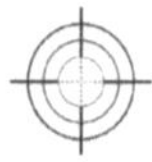

"Jag såg Rose", sa Carla, som behövde fylla den spända tystnaden. "Hon mår okej."

”Nej, hon mår inte okej. Jag vet hur sjuk hon är. Jag har pratat med hennes läkare”, sa Jason kort.

”Bra, då mår hon inte okej. Hon är döende. Men att du blev arresterad gjorde henne inte sämre än hon redan var. Hon ser fram emot att träffa dig.” Hon kastade en sidoblick på honom när de svängde ut på gatan, och la till: ”Ta på dig bältet. Sheriffen är ute efter dig. Du gör bäst i att inte ens gå mot rött medan du är i Woodvale, Mr Hunter, annars hamnar du bakom galler igen, och nästa gång kanske du inte har ett alibi jag kan använda för att få ut dig.”

Ett halvt leende nuddade Jasons läppar när han knäppte bältet. ”Tack för tipset. Och jag trodde att vi var på förnamnsbasis, eller har jag gjort något som retade upp dig?”

”Nej.” Carla log också, med blicken på vägen. ”Bara... håll dig oskyldig, okej, annars måste vi gå tillbaka till att vara advokat och klient igen.”

”Åh, jag är definitivt inte oskyldig.” Det fanns en skitig anspelning i orden som hennes kropp reagerade på även medan hjärnan sa att hon inte borde.

”Sköt dig, annars säger jag till din moster att du inte kan hålla den i byxorna.”

”Hej, hon hjälpte till att uppfostra mig genom de hemska hormonstinna tonåren. Aunt Rose vet mycket väl hur jag skulle reagera på en kvinna lika snygg som du.”

Carla kom på sig själv med att skratta, charmad av Jasons fräcka flirtande. Hon slog på blinkersen, kollade speglarna och svängde in i återvändsgränden innan hon stannade utanför Rose Hunters hus.

”Så, då var vi framme.” Hon visste inte riktigt vad hon mer skulle säga.

”Tack för skjutsen. Och för—ja, allt annat.” Jason verkade inte ha bråttom att kliva ur bilen. ”Skicka din räkning, okej? Jag stannar här hos Rose tills—ja, tills.”

Carla nickade, med ett medkännande uttryck. ”Vi ses, Jason.”

Han nickade och gav henne ett leende innan han verkade samla sig för att kliva ur bilen. Carla såg honom gå uppför uppfarten och kliva upp på verandan till huset, stanna till ett ögonblick och sedan öppna dörren utan att bry sig om att knacka. Först när dörren hade stängts bakom honom la hon i Drive igen och körde iväg hemåt, med tankarna kvar hos mannen hon just lämnat.

”Jason, älskling!” ropade Rose Hunter när han kom in genom ytterdörren, dörren hon aldrig brydde sig om att låsa annat än på natten. Hon hade bott här nästan så länge som Jason hade levt, och alla hennes grannar hade bott här lika länge eller längre.

”Våga inte resa dig ur den där fåtöljen.” Han korsade rummet på några få, kraftfulla steg, böjde sig ner och lade armarna om henne, förfärad över hur bräcklig hon hade blivit sedan hans senaste besök för knappt ett år sedan.

Tunna armar låste sig runt hans nacke, men det fanns ingen styrka i greppet.

”Du borde inte ha kommit”, viskade hon mot hans kind, ”men jag är så glad att se dig.”

Han ville inte släppa taget, stod kvar böjd och höll om henne tills hon skrattade andfått och puffade på honom.

"Av med dig, din stora tölp. Låt mig se på dig."

Jason tvingade fram ett leende, släppte taget och rätade på sig, tog ett steg tillbaka och spred armarna, snurrade långsamt runt. "Faller jag dig i smaken?"

"Du ser fantastisk ut. Solbränd, men mycket mer avslappnad än förra gången jag såg dig så här brun."

"Tja, Guàlize är betydligt trevligare än Syrien", skämtade han. "Betydligt mindre risk att bli beskjuten också. God mat, bra arbetstider, fantastisk lön. Jag kunde inte vara lyckligare. Du borde komma och hälsa på."

"Tja, bilderna du har skickat ser underbara ut." Hon gestikulerade mot surfplattan som låg på bordet bredvid hennes stol. "Kanske kommer jag, när jag mår bättre."

De visste båda att hon inte skulle må bättre. Behandlingen hade hållit cancern långsamt växande, men hon hade aldrig haft någon remission, och tiden närmade sig snabbt då kroppen skulle stänga ner helt.

Jason visste vad hennes svar skulle bli, men han var tvungen att komma med förslaget ändå. "Vi kan åka redan i morgon. På allvar, min chef är gift med den tillträdande presidentens dotter. Ett telefonsamtal och jag kan få presidentens privata plan att vänta på oss i Spokane i morgon bitti... Ariana är dessutom läkare, hon skulle se till dina behandlingar..."

Rose skakade på huvudet och log milt. "Det låter ljuvligt, min kära, men det här är mitt hem."

Hennes mjukt uttalade ord tystade honom direkt, och han suckade, satte sig bredvid henne och tog hennes sköra hand i sin. "Okej. Då är vi här båda två till slutet. Jag har så mycket ledighet jag behöver – och jag lämnar dig inte."

I flera minuter sa ingen av dem något, och sedan försökte Rose krama Jasons fingrar, i verkligheten bara utövade hon ett milt tryck.

"Jag är glad att du är här."

Han ville hålla fast och aldrig släppa taget, men i stället tog han ett djupt andetag och tvingade fram ett leende. "Vilda hästar skulle inte kunna hålla mig borta, moster Rose. Nå. Vilka sysslor har du sparat åt mig att ta itu med?"

"Nå." Hon log, och skrattrynkorna djupnade vid ögonvrårna. "Jag kan ha några småsaker att ordna. Jag vill inte be Bill Barclay göra för mycket, han är inte så ung längre."

Jason besvarade hennes leende. "Peka ut verktygslådan, då. Så gör vi det här stället prydligt igen."

Det var inte förrän ett par timmar senare, när han försiktigt slätade ut spackel över en buckla i gipsskivan vid ytterdörren, som han insåg att moster Rose lät honom snygga till huset för att maximera värdet, så att han skulle få ett bra pris för det när hon var borta.

Ett ögonblick lutade han pannan mot väggen och tog några djupa andetag.

Vad ska jag göra när du inte finns mer, moster Rose?

Hon hade aldrig slutat skicka sina små paket med hembakade kakor, alltid åtföljda av ett pratigt, handskrivet brev, inte ens de senaste månaderna när cancern tog grepp. Han måste undra om det första han skulle ha fått veta om hennes död var när sjukhuset ringde honom, som hennes namngivna närmaste anhörig.

Tanken slet nästan hans hjärta i två delar.

Kapitel Åtta

Följande morgon satt Carla vid sitt skrivbord, försjunken i tankar, och knackade långsamt med pennan mot kanten på tangentbordet när en rörelse utanför fönstret fångade hennes uppmärksamhet. Det var inte många som gick förbi hennes fönster; hon låg vid en större väg och som överallt i USA körde de flesta. Särskilt när det regnade.

Gestalten som gick längs trottoaren var omisskännlig. Jason Hunter marscherade förbi hennes fönster, på väg ner mot centrum verkade det som, fortfarande bara i T-shirt och jeans trots det usla vädret.

"Men vad i..." mumlade hon för sig själv, for upp på fötter och skyndade till ytterdörren, greppade paraplyet från sin vanliga plats på klädhängaren. Hon fällde upp det medan hon gick ut och ropade högt efter honom: "Jason!"

Hon fick ropa två gånger till och springa efter honom längs gatan innan han hörde henne genom regnet och vände sig om.

"Carla?" Regnet blänkte på hans solbrända hud, blötte igenom skjortan över de där magnifika axlarna. Carla förstod plötsligt varför män var så fascinerade av blöta T-shirt-tävlingar för tjejer. Jasons bröst- och magmuskler var perfekt utmejslade under det våta, klistriga tyget. Hon stirrade, oförmögen att slita blicken, och missade Jasons nästa ord.

"Förlåt, vad sa du?"

"Vad gör du här? Du är inte direkt klädd för vädret." Han gjorde en gest mot hennes rocklösa tillstånd.

"Det kan jag säga detsamma om dig! Jag såg dig gå förbi mitt fönster i regnet. Varför har du ingen jacka? Kom in till mig, du är ju dyngsur!"

Med en axelryckning följde Jason efter när hon vände om och gick tillbaka uppför gatan utan att invänta svar. Hon hade andra byxor än i går, en ljusare grå, med regnet som bildade mörka fläckar vid fållen ovanför de höga klackarna på hennes svarta stövlar.

"Har du alltid klackar?" frågade han utan att riktigt tänka på det, medan han följde henne uppför trappan in i hennes juristkontor.

"Om du vore en och femtio nånting skulle du också alltid ha klackar," Carla kastade en blick över axeln på honom medan hon fällde ihop paraplyet och log. "Såg du *Jurassic World*? Jag kan springa i klackar som hon. Det skulle jag banne mig göra om en T-Rex var efter mig också." Hon gick förbi dörren in till sitt kontor och öppnade en annan dörr längst bak i korridoren, och ledde honom in i ett ljust kök. "Här." Hon drog ut en låda, tog en liten handduk och kastade den till honom. "Inte för att den lär hjälpa så mycket."

Jason log tillbaka och torkade vatten ur ansiktet och håret. "Inte mycket, nej. Och jag tror inte att T-rexen skulle våga jaga dig. Hon skulle känna igen en alfa direkt."

Carla ville skratta, det såg han, för ögonvrårna krusade sig bedårande. "Jag vet inte om jag ska ta det som en komplimang eller en förolämpning."

"Jag menade det som en komplimang." Jason log mot henne. "Starka kvinnor är min grej."

Han hade ärligt talat inte räknat med att hon skulle rodna, men det gjorde hon, huden över kindbenen mörknade tydligt innan hon vände sig bort och slog på kaffemaskinen.

"Hur mår din moster i dag?" frågade Carla och bytte ämne efter en kort tystnad.

"Helt okej. Sjuksköterskan var förbi i morse och en annan vän tittade in till moster Rose. Huset är egentligen inte stort nog för så många människor."

"Så du bestämde dig för en promenad i ösregnet?" Hon gav honom en cynisk blick medan hon tog ner koppar ur ett skåp.

"Jag tänkte faktiskt köpa lite fler kläder. Eftersom min duffel nog skickades till nåt forensiskt labb Gud vet var, och min jacka definitivt är bevis. Den lär jag aldrig få tillbaka, även om duffeln dyker upp."

”Varför är din jacka bevis?” Carla rynkade pannan när kaffemaskinen började fräsa.

”Jag är rätt säker på att de hittade Julia Bulridges kropp iförd den. Hon snodde den ur baksätet på min bil när hon drog igen.”

”Just det, det sa du.” Hon vände sig mot honom och lade märke till hur han lutade ena höften mot köksbänken med armarna i kors, avslappnat bekväm. Poseringen gjorde verkligen underverk för de där kraftigt musklade armarna, hann hon tänka innan hon motvilligt slet blicken och fokuserade på hans ansikte. Mungiporna ryckte upp, blå ögon glittrade mot henne.

Helvete också, han vet mycket väl att jag glor på honom.

”Så du har bokstavligen inget annat än kläderna du står och går i?”

”Precis. Jag hade inte med mig mycket, bara ett par rena skjortor och ett par byxor till, men en uppsättning kläder är lite väl minimalistiskt till och med för mig. Och även om jag inte däckar av lite kyla och regn, vore en jacka jäkligt skönt.”

”Så du var på väg in till stan för att köpa kläder.” Hon nickade och vände sig om igen för att hälla upp kaffe. Hon sköt sockerskålen mot Jason och såg hur han strödde ner ett par skedar i koppen.

”Tja, moster Rose har ingen bil längre, och min hyrbil är också Gud vet var. Jag tänkte svänga förbi polisstationen och fråga om den, även om jag helst slipper.” Han grimaserade vid tanken.

”Det där borde du inte göra själv”, sa Carla genast. ”Jag följer med.”

"Är du ens fortfarande min advokat? Och när jag tänker efter, du måste ge mig en räkning för dina tjänster hittills, tack."

"Har du några pengar?"

"Det jag fick tillbaka från polisen var bland annat min plånbok och min telefon, så ja." Han log brett. "Om du menar på banken, så ja till det också. Mitt jobb betalar rätt bra."

Lite skamsen över att ha frågat så rakt nickade Carla. "Okej, jag skriver ihop en faktura och lämnar den. Det är inte så mycket, jag har inte gjort så mycket..."

"Där håller jag inte med. Ditt snabba agerande på motellet såg till att övervakningsfilmen inte kunde gömmas undan. Utan den för att styrka mitt alibi hade jag fortfarande suttit i en cell."

Carla medgav med en långsam nick att det nog stämde. Jason ställde ner sin kopp, gick förbi henne till diskhon.

"Har du något emot det?"

Hon var inte säker på vad han menade, så hon bara nickade, och gapade sedan när han drog av sig den våta, klibbiga T-shirten och vred ur den över diskhon. Hennes hjärna slog fullständigt bakut och lämnade henne med tappad haka och uppspärrade ögon när han vände sig mot henne igen.

"Har du någon regel om att inte bli ihop med klienter?" frågade Jason mjukt.

"Öh?"

"För jag skulle väldigt, väldigt gärna vilja bjuda ut dig."

Med enorm möda slet Carla blicken från hans bröstkorg och drog upp den till hans ansikte. "Jag tänkte samma sak", erkände hon, "att när det här är över skulle jag vilja bjuda ut dig på en kaffe."

Han gjorde en liten min och drog på sig sin våta T-shirt igen, kämpade lite när tyget klistrade sig mot huden. ”Jag tror inte att det är över så snabbt. Philip Hunter vill inte ha mig i Woodvale. Det här var bara ett gyllene tillfälle att bli av med mig; han stannar inte här.”

”Jag tar risken”, bestämde Carla.

”Jag hoppades att du skulle säga det.” Han tog ett steg närmare henne, och Carla kände kroppen reagera, pupillerna vidgades, pulsen rusade, andningen blev grund.

”Så, efter att jag har köpt lite mer kläder och vi har varit på polisstationen, kan jag kanske bjuda dig på kaffe? För jag måste säga, ditt kaffe är rent uselt.” Ögonvrårna krusade sig.

Hon frustade förnärmat. ”Det är det inte!”

”Det är hemskt, och det vet du.” Han log mot henne. ”Vad har du gjort med de stackars bönorna?”

Carla insåg då att hon inte hade smakat, rynkade pannan åt sin kopp. Tog en klunk. ”Herregud. Åh *herregud*, jag glömde byta filter!”

Jason bröt ut i skratt. ”Jag trodde nästan att du försökte förgifta mig där ett tag!”

Hon sänkte huvudet, men såg det komiska och började också skratta. När Carla hällde ut resten av kaffet i diskhon sa hon till honom:

”Kaffedejt blir det, men *jag bjuder*. Eftersom jag just försökte förgifta dig.”

Carla körde först Jason till Woodvales lilla galleria för att köpa fräscha kläder. Han plockade inte på sig mycket, bara ett par byxor till, några T-shirts, en fleecetröja och en vindjacka, allt i enkla, dova färger. Han försökte smälta in, insåg Carla medan hon såg honom betala varorna och charma expediten med sitt leende. Nyklädd i torra, nya kläder kom han och ställde sig bredvid henne.

"Behöver du handla något när vi ändå är här?" Han gestikulerade mot gallerian.

"Jag är nöjd, tack", skakade hon på huvudet. "Vi åker förbi polisstationen och ser om vi åtminstone kan få tillbaka dina hjul."

"Mitt pass ligger i duffeln också. Resten struntar jag i, men det är bökigt att ersätta."

"När åker du tillbaka?" frågade hon medan de gick tillbaka till där hon hade parkerat bilen. Han hade inte nämnt något avresedatum.

"Jag åker ingenstans så länge moster Rose behöver mig." Jasons ansikte slöt sig, och Carla förstod att han tänkte stanna tills hans mosters lidande var över, hur länge det än kunde dröja. Inte länge, misstänkte hon, med tanke på Roses bräcklighet.

"Jag förstår", sa hon tyst. "Det finns inget som kräver att du är tillbaka i Guàlize?"

"Jag har beviljats anhörigledighet så länge det behövs." Jasons leende var spänt. "Min chef känner moster Rose väl. Eller, han känner till hennes omsorgspaket. Hemlagade kakor som hon alltid skickade till mig var en dundersuccé i regementet, särskilt när vi var på insats."

Det fick Carla att småskratta, när hon föreställde sig Rangers biffiga, härdade soldater välsigna Jasons moster Rose medan de glufsade i sig hennes kakor.

Det satt en ny man i receptionen på polisstationen, en Jason inte sett förut. Han var yngre, rundlagd i ansiktet och log ivrigt mot Carla när hon klev fram till disken.

"Hej, Floyd," Carlas uppsyn mjuknade inte när hon satte båda händerna på disken och stirrade på honom. "Nu. Vi kan göra det här på det enkla sättet eller det svåra. Min klient, Mr Hunter här, har avskrivits som misstänkt i Mrs Bulridges mordutredning, och han vill ha tillbaka sina saker."

"Saker?" frågade Floyd och sjönk ihop en smula av Carlas stränga uttryck och affärsmässiga ton.

"Ja. Hans duffelväska och innehållet i den, som togs från hans rum på motellet när McCarthy genomsökte det. Eftersom min klient har friats är hans tillhörigheter inte bevis, polisen har ingen grund att hålla dem ifrån honom, och jag vill ha dem tillbaka. På en gång."

Floyd stammade till innan han sa: "Jag kommer strax tillbaka, Miss Ramirez", och reste sig från sin plats.

Carla och Jason blev båda förvånade när Floyd kom tillbaka bara ett par minuter senare, bärande på två transparenta plastpåsar. Duffeln låg i den ena, innehållet i den andra; Floyd lade en specificerad lista på disken.

"Om ni skulle vilja bocka av era tillhörigheter och kvittera dem?" sa han mycket artigt till Jason.

"Se till att allt är med", sa Carla, och Jason tog upp listan och ögnade igenom den.

"Det är allt jag hade med mig, ja." Han rev upp plastpåsarna och packade om duffeln. "Ser ut som allt är här." Han bläddrade igenom sidorna i sitt pass och kontrollerade att hans långtidsvisum till Guàlize fortfarande satt där. "Japp, allt är i sin ordning."

Floyd räckte över en penna och Jason tog den. ”Vänta”, sa han och stannade upp precis när han skulle sätta pennan mot pappret. ”Min hyrbil. Nycklarna är inte här.”

”Nej, bilen står på uppställningsplatsen. De har nycklarna där. Ni måste åka dit för att få tillbaka den.” Floyd krympte till när Carla gav honom en mordisk blick. ”Jag kan ringa i förväg. Se till att de vet att de ska lämna ut den.”

”Gör det.” Carla vände på klacken. ”Vi går och tar en kaffe, och sedan åker vi och hämtar bilen, och de ska *banne mig* ha tillstånd att lämna ut den.”

”Ja, Miss Ramirez”, sa Floyd eländigt till hennes bortvända rygg.

Kapitel nio

"Varför är den stackars mannen så rädd för dig att han nästan sket i brallorna när du blängde på honom?" frågade Jason när de lämnade polisstationen.

"Floyd?" Carla log för sig själv när hon fällde upp paraplyet igen, ledde honom över parkeringen och in i byggnaden bredvid, som visade sig vara ett stort bageri och kafé. "Vi gick i samma årskurs på high school. Jag vet saker om honom som han verkligen helst inte vill att någon annan ska få veta. Särskilt med tanke på den karriärväg han valt."

Jason fnissade. "Ah, den gamla hederliga utpressningstekniken."

"Det är inte utpressning", sa Carla prydligt, även om leendet dröjde kvar. "Jag har faktiskt aldrig hotat honom med att avslöja hans hemligheter."

"För att du inte behövde. Hans överaktiva fantasi har redan målat upp varenda mardrömsscenario som skulle kunna hända om du gjorde det." Jason skakade på huvudet. "Du är en skrämmande kvinna, Carla Ramirez."

När han lutade sig ner mot hennes öra just som hon sträckte sig efter dörrhandtaget, viskade han: "Det tycker jag är riktigt sexigt."

Hon var rätt glad att hon stod med ryggen mot honom så att han inte kunde se hur kinderna plötsligt hettade till.

"Jason!" pep en kvinnlig röst då, och en söt blondin kastade sig fram bakom disken och slängde sig om honom. "Jason Hunter, du är en fröjd för trötta ögon!"

"Melissa", skrattade han, kramade henne hårt och kysste henne på kinden. "Det kan jag verkligen säga detsamma om dig!"

Hon log mot honom när han ställde ner henne, sträckte upp händerna och inramade hans ansikte. "Men titta på dig. Åren har varit snälla. Snyggare än någonsin!"

"Och du har gått från en vacker tjej till en bedårande kvinna", sa Jason till svar, tog hennes händer och kramade dem. "Vad gör du här; jobbar du här?"

"Jag äger stället", sa Melissa med enkel stolthet, strålande från öra till öra.

"Gör du?" Jason såg sig beundrande omkring, noterade den fina, okonstlade inredningen, de ljuvliga dofterna av kaffe och socker, det fantastiska urvalet av kakor och matiga bakverk i de blänkande glasmontrarna. "Nå, du har verkligen gjort något av det här!"

"Tja, jag och banken", skrattade hon och såg sig omkring. "Men ja, jag byggde upp det här helt själv."

"Ingen köper kaffe någon annanstans i stan", la Carla till, och kände sig märkligt utanför. Och svartsjuk, trots att hon visste att Melissa var lyckligt gift. En gång i tiden hade Melissa Darling och Jason Hunter varit Woodvale Highs gyllene par; fotbollsstjärnan och cheerleadingkaptenen, balens kung och drottning, de som alla ville vara.

”*Du* gör det då rakt inte,” Melissa log brett mot henne, släppte en av Jasons händer och rörde vid Carlas arm med värme. ”Det vanliga, vännen?”

”Gärna. Vad vill du ha, Jason?”

Han tittade upp på tavlan med alla specialkaffen, log. ”Dubbel Guàlize Gold, svart med två sockerbitar, tack. Och något så sött att tänderna ruttnar från kakdisken.”

Melissa fnissade åt det. ”Jag vet precis vad. Ta ett bord, jag kommer ut med allt.” Hon släppte Jasons hand med en sista liten kläm.

”Hon är gift nu, bara så du vet”, hörde Carla sig själv säga när hon satte sig.

”Det vet jag faktiskt. Hon och Tim skickade en inbjudan till bröllopet. Jag var i Afghanistan då, fick inte inbjudan förrän en månad efter att bröllopet redan hade varit.”

”Åh,” Carla kände sig märkligt tom. ”De har två barn. Tvillingflickor.”

”Det visste jag inte”, sa Jason. ”Hur gamla?”

”Eh... runt fyra, tror jag? Inte gamla nog för skolan än. Melissas mamma har dem på dagarna; jag ser dem ofta i parken när jag kör förbi. De är precis lika Melissa båda två, blonda och vackra.”

”Det är hon,” Jason log tvärs över rummet i varm minnesbild medan Melissa for runt bakom disken, log och gav instruktioner till personalen. Hon hade varit hans första förälskelse, hans första flickvän, hans första kyss — de hade till och med tagit varandras oskuld en kvalmig sommarnatt för länge sedan.

”Kanske borde du ha stannat här och gift dig med henne i stället för att gå med i armén”, sa Carla halvt surt, och bannade sig själv för att hon blev svartsjuk — men hon hade ju tillbringat nästan hela high school med att vara avundsjuk på Melissa Darling. Varför sluta nu?

”Herregud, nej”, sa Jason så häftigt att hon faktiskt blev förvånad. ”Hon ville stanna här och slå sig till ro och leva hela vita-staketet-grejen. Jag kunde inte komma bort från Woodvale fort nog.”

Det fick Carlas läppar att mjukna i ett halvt leende. ”Jag också”, medgav hon, ”men jag hamnade ändå här igen på något sätt. Det är som Twilight Zone; det fortsätter att suga en tillbaka på något vis.”

”Du måste ha haft bättre minnen här än jag.”

”Men snälla nån, Jason, du var Mr Perfekt på den tiden! Fotbollstränaren pratar fortfarande om dig som den elev han hade som kunde ha gått proffs, ditt namn sitter fortfarande på en massa pokaler och plaketter på väggen. Varenda elev som kom efter dig mättes mot din perfektion.”

Jason lutade på huvudet och studerade henne nyfiket. ”Inklusive dig?”

Carla funderade på att neka, men ryckte till slut ogint på axlarna. ”Jag var bästa avgångselev mitt år”, erkände hon till sist. ”Med ett GPA på 4,2 och de högsta SAT-resultat någon från Woodvale någonsin fått. Gick vidare och tog examen från Stanford summa cum laude — och mitt namn är i princip bortglömt på Woodvale High.”

”För att du är kvinna och inte var fotbollsstjärna”, konstaterade Jason och skakade äcklat på huvudet. ”Sexismen lever i allra högsta grad och mår prima, tragiskt nog.” Han sträckte sig över bordet och lade sin hand över Carlas. ”Du imponerar på *mig*, Carla. Väldigt mycket. Oavsett vad andra kan tycka, *jag* vet vad du är värd. Jag skulle fortfarande ruttna i en cell om det inte vore för dig, till att börja med. Du är inte *mindre än* någon annan, och definitivt inte mindre än jag. Jag är bara en soldat — numera en legosoldat, tekniskt sett.”

”Jag tycker inte att ett kontrakt på att träna elittrupper i Guàliz är riktigt samma sak som en vanlig, hederlig legosoldat”, var Carla tvungen att le åt det.

”Och när mitt kontrakt är slut, vad då? Arbetslös, utan hem, och med bara en måttlig förmåga att spöa skiten ur folk. Men du, du är smart, Carla. Du har utbildningen, juristexamen. Folk kommer alltid att behöva advokater, i Woodvale mer än någon annanstans.”

”Kanske är det den verkliga anledningen till att jag kom tillbaka”, sa Carla mjukt. ”För att jag visste att jag behövdes här.”

”Det finns ingen bättre anledning.” Han höll fortfarande kvar hennes hand och såg djupt in i hennes ögon. Hon tappade bort sig när hon såg tillbaka. Hans ögon var så blå, bottenlösa. Hans tumme ritade en långsam, varm cirkel på ovansidan av hennes hand.

Ett litet, generat harkel fick dem båda att rycka till och titta upp. Melissa stod där med en bricka balanserad på ena handen.

”Förlåt att jag stör, jag insåg inte...” hon lät blicken glida mot deras sammanflätade händer.

Carla skulle just dra tillbaka handen, generad, men Jason slöt fingrarna hårdare om den. ”Jag bjöd ut Carla på en kaffedejt”, sa han till Melissa.

Melissa strålade mot dem båda. ”Bra där”, sa hon gillande. Omtänksamt ställde hon ner två rykande muggar, satte en tallrik vid Jasons armbåge och drog sig tillbaka.

”Det där ser *djävulskt* ut”, sa Carla, kastade en blick på tallriken och skrattade. En gigantisk bit av Melissas berömda trippelchoklad- och honungskakscheesecake med berg av glass och vispgrädde vid sidan såg förföriskt god ut.

"Jag ser att hon tog mig på orden om det där med så sött att tänderna ruttnar." Jason skrattade, släppte motvilligt Carlas hand och tog upp gaffeln som vilade på tallrikskanten. "Ser fantastiskt ut."

"Jag kommer kunna höra dina artärer hårdna härifrån", skämtade hon, tog sin kaffemugg och andades in den aromatiska ångan som steg upp medan hon lutade sig tillbaka och såg honom äta. Han skar loss en rejäl bit och åt den, ögonen vidgades.

"Mm. Mm!"

"Bra?" Carla var rätt säker på svaret, när de där blå ögonen blev halvslutna av njutning och han ivrigt skar loss en bit till.

"Mmmm." Det var ett lågt, lyckligt brummande. Hon ryckte till när han höll fram gaffeln mot henne, medan han slickade bort smulor av flarnat choklad från läpparna. "Du borde smaka."

"Åh, nej. Det borde jag verkligen inte", försökte hon protestera, men det såg verkligen, verkligen gott ut. Hon skulle aldrig beställa en hel bit till sig själv, men kanske bara en tugga... hon lutade sig fram och särade på läpparna.

Jasons egna läppar särades när han såg på Carla; långsamt lyfte han gaffeln till hennes mun och såg hur hon sög cheesecaken av tänderna, hur fransarna fladdrade ner och lade sig mjukt mot kinderna när hon njöt av den söta läckerheten.

”Mm”, höll hon med efter några ögonblick, fortfarande med slutna ögon. ”Utsökt.”

Jason var faktiskt tvungen att justera sig på stolen när byxorna blev smärtsamt trånga. Carla såg otroligt sinnlig ut så där, och hans redan starka dragning till henne sköt i höjden ännu mer. Det tog ett par minuter innan han insåg att han bara satt och stirrade på henne, med munnen öppen och kakgaffeln fastklämd i handen fortfarande svävande i luften.

”Ska du inte äta mer?” Carla sträckte sig fram, tog gaffeln och snodde åt sig en tugga cheesecake till.

Hon visste mycket väl vad hon gjorde med honom, insåg Jason plötsligt, när hennes ögon skrattade åt honom. ”Du är verkligen trubbel”, sa han, och hon skrattade rakt ut.

”Kanske.”

”Jag ska ge igen”, hotade han.

”Jaså?” Hon lade tillbaka gaffeln på hans tallrik och tog upp sin kopp. ”Hur har du tänkt göra det då?”

”Bli blöt i regnet och skala av mig tröjan i ditt kök igen?” Jason flinade och hittade tillbaka lite av fattningen.

”Ja, det funkar. Vi kan väl kalla det oavgjort, med tanke på att du redan gjorde det.” Carlas blick föll till hans breda axlar, längre ner över bröstet. ”Har du en särskild förkärlek för T-shirts som är en storlek för små?”

De satt båda och fnissade när en plötslig tystnad föll över rummet. Jasons huvud flög upp, och han svor åt sig själv för att han inte hållit bättre koll när han fick syn på männen som just kommit in.

Sheriff McCarthy gick fram till disken med ett självsäkert svass i stegen och ignorerade Jason fullständigt, men mannen bakom honom stannade och stirrade, först på Jason, sedan på Carla.

Jasons käkar låste sig när han för första gången på fem år stod öga mot öga med sin farbror, mannen som hjälpt till att beröva honom hans rättmätiga andel av Hunter-företagen.

Philip Hunter.

"Jason", sa Carla mycket mjukt. "Vill du gå härifrån?"

"Det är nog bäst." Han fiskade efter plånboken i fickan, men såg hur Melissa skakade på huvudet åt honom tvärs över rummet.

"Jag har en nota. Vi går bara", sa Carla lågt, och de reste sig, lämnade kaffet och den halvätna kakan.

Ingen i rummet sa ett ord när de gick, förutom sheriffen som högljutt beställde sitt kaffe. Philip bara stirrade på Jason när de rörde sig mot honom. Jason sänkte inte blicken, och trots att Carla drog honom i ärmen för att försöka få honom att gå förbi, stannade han framför sin farbror och stirrade ner honom.

De hade kunnat vara bröder, tänkte Carla; Philip Hunter var i tidiga femtioårsåldern men såg verkligen inte ut som det. Även om hans hår var klippt i en mer civil, välvårdad stil än Jasons militära snagg, hade de samma intensiva blå ögon, samma ansiktsform, samma envisa käklinje.

Den där envisa linjen talade om för Carla att de inte skulle ta sig ur det här utan att åtminstone ord byttes. Till och med McCarthy hade beställt klart och vänt sig om för att stirra. Hans hand ryckte till mot pistolen vid höften, och Carla flyttade sig mycket medvetet så att hon ställde sig mellan McCarthy och Jason. Han skulle få skjuta genom henne först, och det fanns väldigt många vittnen här. *Om han förstås inte bara sköt över hennes huvud,* tänkte hon torrt.

”Jason”, erkände Philip till sist. Det fanns ingen annan ljudkälla i bageriet, inte ens kaffemaskinen. I ögonvrån såg Carla hur Melissa vred sina händer bakom disken, med ren skräck i blicken.

”Philip”, sa Jason in i den spända, vibrerande tystnaden, med platt och hård röst.

”Planerar du att stanna länge i stan?”

”Så länge jag behöver.”

Det var Philip som sänkte blicken först. ”Hur *mår* min mor?” frågade han sedan.

”Det har du inte ett jävla dugg med att göra.”

Ett hörbart andetag gick runt i rummet vid det, och McCarthys hand slöt sig hårdare om pistolgreppet, men Jason fortsatte, oberörd.

”Du var fullkomligt nöjd med att låta henne förlora sitt hem för att betala sina sjukvårdskostnader. Jag slår vad om att bankchefen ringde dig direkt efter att Rose först ringt honom. Hon var precis på väg att skriva under lånepappren när jag fick reda på det och klev in. Så låtsas inte att du bryr dig ett skit om hennes välbefinnande.”

Det fanns egentligen inte mycket Philip kunde säga till det. Roses sjukvårdskostnader hade varit kaffepengar för honom. Han försökte ändå.

”Hon bad mig inte om hjälp.”

Jasons uttryck var ren förakt. ”Hon bad inte mig om hjälp heller. Lustigt hur det kan vara, eller hur?”

”Hon är fortfarande min mor, Jason!”

”Du gjorde dig av med den rätten när du försökte förneka henne till och med det lilla hon fick i Pauls testamente”, fräste Jason tillbaka. ”Och sen tillbringade du år med att se till att *min* mamma inte ens kunde få ett jobb i den här stan. Ja men dra åt helvete. Jag tänker inte dansa efter din pipa, inte nu, inte någonsin. Rose vill inte se dig, så *håll dig för helvete borta*.”

Philip sa ingenting, och Jason vände till sist på klacken och gick mot dörren. Med en sista blick på McCarthy följde Carla efter, hann ikapp Jason ute på parkeringen där han stod med båda händerna på motorhuven till hennes bil och drog djupt efter andan. Regnet hade upphört och det låg bara en tunn, fuktig dimma i luften. Det passade hennes sinnesstämning, tänkte Carla, kände sig grå och nedslagen, dejten som hade börjat — och fortsatt — så lovande var nu fullständigt förstörd. Hon sneglade tillbaka mot bageriet. De skulle inte synas inifrån, inte där de stod nu. Hon gick fram till Jason, lade handen på hans, kände den kalla metallen från bilens motorhuv mot fingertopparna.

”Jag ville slå honom”, sa Jason, med skrovlig röst.

”Jag vet. Men McCarthy letade efter en ursäkt.”

”Ja.” Han sa inget mer, bara vred handen under hennes för att greppa hennes fingrar, såg ner på henne med ögon som brann av kvävd känsla.

”Följ med hem till mig”, sa Carla, och de visste båda exakt vad hon bad om.

”Jag är inte på humör att vara varsam.”

”Hårt passar mig alldeles utmärkt.” Den ena mungipan lyfte, och Jason nickade, blicken borrade sig in i hennes.

”Vi drar.”

Kapitel tio

Ingen av dem sa ett ord under den korta bilfärden till-
baka till Carlas hus. När hon låste upp ytterdörren och
klev in blev hon genast pressad mot väggen av Jasons hårda
kropp, medan han sparkade igen dörren bakom dem. Hon
var för kort för att han skulle kunna kyssa henne bekvämt,
så han grep tag under hennes lår och lyfte upp henne,
uppmuntrade henne tyst att slinga benen runt hans midja
medan hans mun sökte hennes för en het, ursinnig kyss.

Carla var mer än villig; hon var ivrig. Hennes armar
slöt sig runt Jasons nacke, hennes ben runt hans smala
höfter. Hon tryckte fingertopparna mot baksidan av hans
huvud, naglarna rispade mot hans hårbotten, drog honom
närmare medan hon besvarade kyssen med lika mycket
vildhet.

Jason krängde av sig fleecetröjan, plötsligt alldeles för het
när Carla snodde sig runt honom. "Sovrum", hann han
säga, och lyfte munnen från hennes.

"På övervåningen", flämtade hon tillbaka. "För långt..."

Han höll helt med, men upptryckta mot väggen i hallen skulle inte funka heller, och golvet var klinker, inte heltäckningsmatta. "Jag vill ha en säng", sa han och drog sig undan från hennes ivriga, sökande mun. "Till det jag vill göra med dig... behöver vi en säng."

Carla stönade av behov, pressade våta, sugande kyssar mot hans hals. Små vassa tänder möttes i hans örsnibb när hon hetsade på honom, nästan så att Jason tappade förståndet helt. Han morrade lågt medan han stegade mot köket, mindes att han sett trappan längst in i rummet. Han tog två steg i taget, Carlas lätta vikt var ingenting för en man som tillbringat dagar i sträck med att bära packning och vapen som vägde mer än hon gjorde. Även om han, tänkte han vagt, vanligtvis inte behövt göra det med byxorna brutalt åtsnörda kring en erektion som ville slita sig fri.

Carla hade inrett sitt sovrum enkelt, såg han i en snabb blick: släta krämfärgade väggar, möbler i skurad furu, ett neutralt överkast. Den enda färgklicken var en vacker väggbonad i nyanser av ockra och rost; han trodde att den kunde vara Cree, tänkte svagt att han skulle fråga Carla om den senare. Men hon slet krävande i hans skjorta, gnuggade sig mot honom med höfterna i långsamma cirklar, och Jason glömde allt annat i sin frenetiska längtan att komma in i henne.

De föll ner på sängen tillsammans, fumlade med varandras kläder i en desperat brådska, *behövde* känna hud mot hud. Carla rev sönder Jasons nya T-shirt; han råkade rycka av knappen i hennes byxor. Hans kängsnöre knöt sig och han svor häftigt.

"Snälla", nästan snyftade Carla, medan hon krånglade sig ur de sista plaggen samtidigt som Jason slet i det fördömda kängsnöret. Han lyckades till slut få loss det och slungade kängan över rummet innan han vände tillbaka och hungrigt lät blicken glida över henne. Hon lutade sig tillbaka mot kuddarna och öppnade armarna för honom, välkomnande.

Carla var gyllene överallt, en mjuk, mörk bärnstenshud utan skavanker. Midnattsmörka lockar mellan hennes lår dolde inte hennes begär det minsta när hon medvetet lyfte ett knä och gav honom perfekt vy över hennes fitta, våt och glänsande av väta.

"Åh, fan", raspade Jason, stirrade. "Fan, du är så vacker."

Hon var strålande, hennes nätta kropp fast musklad, små bröst med plumpa, utmanande bruna bröstvårtor som han plötsligt var desperat att smaka på.

"Det skulle jag kunna säga om dig med", sa Carla och glupade i sig honom med blicken, tog in hans kraftfulla överkropp, de välförtjänade, tjocka biceps som buktade när han rullade upp i sängen och sträckte sig efter henne.

"Jag har velat ha dig sen första gången jag såg dig ge McCarthy och hans gorillor svar på tal", erkände Jason, händerna slöts nästan vördnadsfullt om hennes bröst. "All den där elden och passionen. Allt jag kunde tänka på var hur du skulle vara i sängen." Hans fingrar hårdnade om hennes bröstvårtor, klämde precis på gränsen till smärta, och Carla bågnade mot honom med ett mörkt stön. "Hur du skulle smaka." Han såg ner mot hennes fitta, och som svar böjde hon sitt smala ben och krokade det över hans axel, tryckte honom i ryggen med hälen.

"Varför tar du inte reda på det?" föreslog hon.

Jason behövde ingen ytterligare inbjudan för att glida ner i sängen, trycka öppna, heta kyssar mot hennes mage på vägen, kila sig till rätta mellan hennes lår, de starka händerna gled tillbaka under hennes lår så att båda benen hamnade över hans axlar.

Den första slickningen var ett långt, långsamt drag från hennes öppning hela vägen upp till hennes klitoris; Carla stönade och skälvde när den andra följde samma bana innan Jason började reta hennes klitoris med tungan, lapade snabbt.

Han hittar verkligen överallt där nere, tänkte Carla dimmigt medan Jasons tunga snurrade och dök. Ett kraftigt finger anslöt, särade varsamt på blygdläpparna, ritade långsamma cirklar runt hennes öppning innan det plötsligt dök djupt in.

"Åh fan, ja", flämtade hon, höfterna sköt omedvetet uppåt; Jason skrattade dovt mot henne innan han slöt läpparna och började suga på hennes klitoris, varje sug av munnen perfekt synkat med ett stöt av fingret. Snart lade han till ett andra finger och sedan ett tredje, fick Carla att kippa efter andan, kände sig fylld till brädden när han ökade tempot, krokade fingrarna så att de valkiga fingertopparna gnuggade rakt över hennes mest känsliga punkt vid varje bestämd stöt. Hennes egna fingrar klamrade i lakanen, ordlösa rop rann från hennes läppar när en plötslig fyrverkeriexplosion bakom ögonlocken skickade henne rakt över kanten.

Jason log när Carlas sidenlena inre muskler plötsligt krampade ryckigt runt hans fingrar. Hon var inte tyst i sin extas, förtjusta rop studsade mellan väggarna när hennes lilla kropp bågnade på madrassen, hälarna borrade sig in i hans rygg medan hon höll hans mun mot sig, precis där hon behövde den. Han fortsatte att lapa, långsammare och mjukare när hon kom ner från orgasmens topp, retade med tungspetsen i en cirkel runt den svullna, pulserande

knoppen tills hon tog ner ett ben från hans axel och knuf-
fade på honom med en liten fot.

"Nog", mumlade hon.

"Jaså?" Han övervägde att fortsätta ändå. Han hade
fortfarande tre fingrar djupt inne i henne och krokade dem
för ännu en trevande strykning över hennes G-punkt. Hon
stönade.

"*Jason*. För känsligt!"

"Okej då", suckade han, drog försiktigt ut fingrarna och
backade. Hon öppnade tunglockade ögon och kisade mot
honom där han satt tillbaka på hälarna; gav honom ett
sävligt leende.

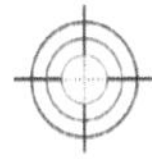

"Ge mig bara en minut", sluddrade Carla. Hela hennes
kropp sjöng i efterskenet av den där spektakulära orgas-
men; intensiteten förlängdes bara av Jasons skickliga mun
och fingrar.

"En minut och bara en", sa Jason, "sen spikar jag fast dig
i den här sängen."

Bara tanken, tillsammans med löftet i hans ord, fick
Carla att rysa av en liten stöt av förnyad lust. Hon lät
blicken glida nerför hans kropp till där ena handen var
krökt runt hans kuk, runkade långsamt. Den såg lika tjock
och kraftfull ut som resten av hans slipade muskler, en
pärlvit droppe försats glittrade i spetsen. Hon slickade sig
om läpparna utan att tänka, stirrade.

"Japp", sa Jason hest, "du har en djävulskt vacker mun. Har tänkt på att få se de där mjuka läpparna runt min kuk också. Det vill du va?"

Det ville hon; hon ville smaka honom, känna hans tunga tyngd i munnen. Carla slickade sig om läpparna igen och nickade. "Kom och knulla min mun", krävde hon och fick honom att flina. Han flyttade upp över henne, knästående gränsle över hennes axlar, lutade sig fram för att sätta händerna mot sänggaveln så att det svullna, rodnade ollonet svävade en hårsmån ovanför hennes läppar. Hon sköt ut tungan för att slicka i sig droppen av försats, fick Jason att stöna.

"Ska vara rättvist, öga för öga", sa Carla präktigt, ögonen skrattade upp mot honom, innan den där lömska lilla tungan dök ut igen, den här gången för att retfullt kittla strängen.

"Jesus", kvävde Jason fram när hennes händer anslöt och började leka, den ena slöt sig så långt hon kunde runt kukens rot medan den andra gled runt hans lår bakifrån och lätt kupade och rullade hans svullna, värkande kulor mellan fingrarna. "Åh, *fan*, Carla!"

Hon drog bestämt i hans kuk, drog ner honom lägre, uppmuntrade honom att spreta lite mer med knäna. I tillit till att hon kände sina egna gränser och inte skulle kväva sig själv gav Jason efter för den tysta uppmaningen och sänkte sig, lät henne ta hans kuk djupt in i sin öppna mun. Han kastade huvudet bakåt i extas, fäste blicken i taket, njöt av Carlas mun, våt och ljuvligt het, tungans skicklighet när den arbetade och virvlade över känsliga punkter han knappt kom ihåg att han hade. Hon sög på honom som om han var en favoritklubba och hon var desperat att få ut all smak.

”Nej”, raspade Jason plötsligt, drog sig tvärt undan och fick Carla att kvida av förlust när kuken gled ur hennes mun. ”Nej, hur gudomlig din mun än är vill jag inte komma där. Inte den här gången.” Hans blå ögon var mörka när han såg ner på henne där hon låg, läpparna blöta och svullna, ögonen glansiga av passion. ”Har du kondomer, Carla?”

”Översta lådan”, viftade hon vagt åt vänster, och han sträckte sig till nattduksbordet, rotade runt en stund, puttade undan sidenunderkläder tills fingrarna slöt sig om en fyrkantig ask. Han blev kvar på knä ovanför hennes ansikte medan han rullade på kondomen, innan han flyttade tillbaka och knälde mellan hennes lår.

”Känner mig fortfarande inte särskilt mild”, sa Jason lite strävt, ”så du kanske ska ta tag i nåt.”

Hon tog honom på orden, grep tag om sängramens ribbor bakom huvudet, vred fingrarna hårt runt den grövre mittregeln och gjorde sig redo.

”Bra. Sa ju att jag inte ville ha mjukt.”

Jason såg ner på Carla, som låg där ivrig och välkomnande, och kunde inte hålla sig längre. På knä mellan hennes lår slöt han händerna om hennes höfter och lyfte, drog upp hennes rumpa för att placera henne perfekt medan han lutade sig fram, hans skodda kuk pressade för att tränga in i henne. Hon böjde knäna och satte fötterna i madrassen, flämtade av njutning när ollonspetsen snuddade över hennes klitoris innan den långsamt pressade in i hennes blöta öppning.

"Åh, ja", andades Carla och kastade huvudet bakåt mot kudden. "Åh *helvete* ja."

Jason hade inga ord; det kändes för bra, att trycka djupt in i Carla och känna hur hennes trånga kanal långsamt vidgade sig för att ta emot honom. Hon var en liten kvinna och han var generöst utrustad; han tog det långsamt, varsamt. Åtminstone tills hon krokade ett ben runt hans höft och drog krävande.

"Mer. Kom igen, Jason, jag behöver *mer*, ge mig det!"

Han kunde omöjligt motstå den där halvt krävande, halvt bedjande tonen i hennes röst, blicken i hennes ögon när hon såg upp på honom. En hård, rå stöt med höfterna och han var i botten, hela vägen in tills roten av kuken pressade mot henne, han stönade av njutning när täta, hala muskler knep hårt om honom.

"*Fan*, vad skönt det känns", mumlade han. "Så jävla trång."

Nu var det Carla som inte kunde tala; bortom orden kastade hon huvudet från sida till sida på kudden, höfterna rullade när Jasons djupa stötar tryckte mot alla rätta punkter långt inne i henne. Låga, ordlösa ljud rann från hennes läppar när hans fingrar greppade hårdare, höll henne stilla, innan han började röra sig i långsamma, grunda stötar, åtminstone till en början. Lugnad av hur uppenbart njutning hon kände av det han gjorde, ökade han snart tempot, dunkade hårt och snabbt, långa djupa tag som drog slitna skrik av njutning ur henne.

När han kände det där pirret vid ryggslutets bas som varnade för att hans egen klimax närmade sig snabbt, tog Jason ena handen från Carlas höft och förde den mellan dem för att tumma på hennes klitoris, gnuggade snabba cirklar över den medan han fortsatte att hamra in i henne. Hennes rop steg i tonhöjd, håret piskade från sida till sida på kudden, och plötsligt var hon *där*; knep åt om Jason så hårt att han såg stjärnor i ett ögonblick, hennes lilla kropp vred sig under honom.

Han hade inte en chans att hålla tillbaka mot hennes täta, våta grepp om kuken som sög på honom, ens om han hade velat. Med ett djupt, gutturalt stön gav han efter, pumpade ut några sista skälvande stötar innan han kastade huvudet bakåt och vrålade sin extas mot taket när kast efter kast av het sats sprutade ur honom djupt inne i Carlas heta tunnel.

När Carla kom ner från sin egen klimax hade hon ändå sinnesnärvaro nog att uppskatta utsikten när Jasons arm- och bröstmuskler spändes, senorna i nacken trädde fram när han kastade huvudet bakåt. Han såg magnifik ut, ursprunglig; det var ett otroligt intensivt ögonblick när hon kände hans säd flöda djupt inne i sig, hans kuk bulta långsamt medan den pulserade. Hon stönade med en liten stöt av förnyad njutning när han ryckte till inuti henne, och han såg ner på henne och log, de blå ögonen tunglockade av tillfredsställelse.

Långsamt och varsamt sänkte Jason ner Carlas höfter mot madrassen, gled ur henne samtidigt. Han visste att han borde gå till badrummet och göra rent, men just då orkade han inte annat än att lägga sig ner bredvid Carla, varje muskel avslappnad, hela kroppen sjöng av välbehag när hon kurade in sig mot hans sida och lade huvudet mot hans bröst. Han lade en tjockt musklad arm runt henne och strök försiktigt över hennes svank. Hon gav ifrån sig ett nöjt litet ljud, och Jason log.

”Är det okej där, vackra du?”

”Mm”, höll hon med, gosade kinden mot hans bröst. ”Japp.”

”Första gången jag ser dig utan att käften går”, retade han, och hon lyfte huvudet för att ge honom en varnande blick. Han fnissade, rullade en bit mot henne för att kyssa henne igen.

Kyssen hade inte alls samma brådska som den första, men var inte mindre passionerad för det. Den första hetta som deras ömsesidiga behov drivit på var borta, nu hade de tid att utforska varandras behov och tycken, att smaka och reta. Carla kravlade sig upp och satte sig grensle över Jason utan att bryta kyssen, händerna utforskade ivrigt de tjocka planerna av hans bröst och axlar. Hans händer steg för att leka med hennes bröst, tumma över bröstvårtorna tills hon stönade i hans mun.

”Du får nog kliva av mig”, avbröt han kyssen för att säga hest, ”för jag behöver byta den här kondomen.”

Hon grimaserade, men insåg att han hade rätt. ”Skynda dig”, beordrade hon, tonen tillät ingen diskussion när hon klev av för att släppa upp honom, ”för när du kommer tillbaka ska jag rida dig som en skenande bronco.”

”Åh Jesus, tack för att du förde den här kvinnan in i mitt liv”, sa Jason innerligt med en blick upp i taket medan han skyndade av sängen och rusade mot badrummet. När han kom tillbaka hade Carla redan en ny kondom öppnad och klar; han behövde ingen övertalning för att lägga sig tillbaka och låta henne rulla på den åt honom. Redan hård igen stönade han av njutning när hennes fingrar slöts om honom, följde hans form, kupade kulorna och klämde prövande, upptäckte vad han gillade.

”Kom och hoppa upp”, bjöd han, lade en hand runt kukroten så att den stod rakt upp. ”Jag vill se de där vackra brösten hoppa i ansiktet på mig när du rider mig. Vill se dig ta din njutning på min kuk.”

Carla log när hon svingade sig upp, slängde ett ben över hans lår och positionerade sig över kukspetsen. Hon var tvungen att tänja; han var sannerligen ingen liten man. Svett bröt fram i pannan när hon långsamt sänkte sig över honom.

”Såja”, Jason var tvungen att knyta händerna i lakanen för att inte greppa Carlas höfter och bara stöta upp i henne, hon kändes så bra; men gjorde han det skulle han skada henne. Hon var liten och behövde ta honom i sin egen takt. ”Åh fan, ja, älskling, såja. Japp. Japp, ta alltihop *ahhhh*.” Han tonade ut i ett lågt stön när hon plötsligt pressade ner med en liten vridning på höfterna.

”Mm, det där är skönt”, hummade Carla i halsen, lutade sig fram för att kyssa Jason, hennes hårda bröstvårtor gneds mot hans bröst. Han grymtade när hon skiftade innan hans händer kom upp och tog hennes höfter, grep fast och höll henne stilla när hon var på väg att dra sig lite upp.

”Nope, precis där.”

”Guh”, var allt hon fick ur sig. Vinkeln gjorde att kukens huvud tryckte rakt mot hennes G-punkt, och det visste han, av smilbanden som drog i hans mun.

”Skönt?”

”Ugh!” Med flit grävde hon in naglarna i hans axlar. ”Låt mig röra mig, för fan!”

Han skrattade rått innan han lät henne sätta sig upp, händerna gled till hennes bröst, drog och knep om bröstvårtorna. ”Kom igen, tjejen. Du sa att du skulle rida mig. Visa hur bra du kan galoppera.”

Carla skrattade andfått, höfterna började gunga fram och tillbaka när hon satte händerna på låren för att stadga sig och började spänna benmusklerna, satte ett snabbt tempo. "Säker på att du orkar, soldat?"

"Testa mig."

Hon var mer än villig att ge allt; hon ökade höfternas rullning, njöt av hur Jasons sträva fingertoppar arbetade med hennes bröstvårtor, skickade blixtar av njutning genom henne. Han släppte plötsligt taget och hon gav ifrån sig ett utstött skri av förargad förlust.

"Här", Jason grep hennes händer, lyfte dem. "Du tar över. Jag vill leka med din klitoris igen."

Det hade Carla inga problem med, hon grep om sina bröstvårtor för att gnugga och klämma, visste ännu bättre än Jason exakt hur mycket tryck som var lagom. Han stönade vid synen.

"Fan, det där är så sexigt! Vad du gör med mig..." Han skakade på huvudet, och sedan pressade hans varma handflata mot hennes venusberg, tummen och pekfingret dök ner i hennes klyfta och knep lätt om den redan känsliga klitorisen.

"Åh gud, jag kommer igen", flämtade Carla, kände den välbekanta kittlingen börja dra längs nerverna.

"Jag med, vackra", Jasons röst var hes, höfterna stötte upp rått, tog över när hon brast och inte längre kunde hålla rytmen. "Åh fan, du är så vacker när du kommer..." hon knep åt om honom igen, läpparna särade i ett långt, lågt stön när huvudet tippade bakåt, händerna stannade på brösten. Han släppte hennes bröst och klämde händerna om hennes höfter, höll henne stadig medan han stötte snabbare och hårdare, jagade sin egen utlösning. Det tog inte lång tid att hitta den, orgasmens puls rusade genom kroppen. Han blev stilla, pressade så djupt in i Carlas villiga kropp som han kunde, njöt av känslan av hennes väggar som omslöt hans pulserande kuk.

Kapitel elva

"Berätta om Julia Bulridge", bad Jason. De låg tillsammans i Carlas säng, hennes huvud vilade mot hans bröst, hans hand smekte lätt hennes hår. "Hennes fall verkar verkligen personligt för dig. Var hon en klient till dig?"

"Nej, det var hon inte", sa Carla med en suck, sköt över och stödde hakan i händerna, mötte hans blick. "Jag kände henne inte, inte så att vi pratade, men när affischerna började sättas upp insåg jag att jag hade sett henne i stan. Du vet hur det är."

Jason nickade. Woodvale var en liten stad; man kanske inte kände alla vid namn, men bodde man här tillräckligt länge skulle man till slut känna igen de flesta till utseendet. Carla och Julia hade förmodligen korsat varandras väg flera gånger utan att säga något, i mataffären eller på Melissas bageri eller på biblioteket.

"Var du med och letade efter henne?" Han gissade att hela staden hade mobiliserats för att söka, åtminstone i skogarna nära stan.

Carla nickade. ”Ja, jag var ute i flera av sökgrupperna. Jag var tvungen.” Hon knep ihop ögonen ett ögonblick, som om hon samlade sig. ”Det här var inte min första rodeo, förstår du. För fyra år sedan försvann min mamma.”

Jasons armar slöt sig instinktivt hårdare om henne när han stelnade till av chock. ”Din *mamma?*”

”Hon hade tidig demens.” Carla kämpade uppenbart med orden, hon som annars alltid tycktes ha orden nära till hands, så Jason teg och väntade tålmodigt på att hon skulle hitta de rätta. ”Jag jobbade i Seattle och pluggade inför advokatexamen i Washington. När mamma blev sjuk kom jag hem för att ta hand om henne, men det gick så fort. Inom ett par månader kände hon inte igen mig, kände inte igen någon. Hon växte upp i San Antonio, Texas, hade börjat prata om att åka tillbaka dit, och jag funderade på att ta en resa, kanske till och med få in henne på ett äldreboende där om det skulle få henne att känna sig mer trygg i en miljö som kändes bekant.”

Tårar fyllde Carlas ögon medan hon talade; minnena var uppenbart oerhört smärtsamma att plocka fram. Tyst smekte Jason hennes hår och försökte trösta så gott han kunde.

”Mamma brukade ta en tupplur på eftermiddagen. Jag hade börjat ta en kort promenad eller kila iväg och handla medan hon sov; dagen hon försvann var jag inte borta mer än en halvtimme, men när jag kom tillbaka stod ytterdörren öppen och hon var borta.”

”Bodde du här då?”

Carla skakade nästan våldsamt på huvudet. ”Nej, vi bodde på Stony Creek Road.”

Jasons läppar formade en stum vissling. Han kände Stony Creek Road väl. Den ledde ingenstans särskilt, bara ut i skogen innan den till slut tog slut. Vägen användes mest av timmerbilar; det fanns några små hus utslängda längs vägen på fem- eller tiohektarstomter, folk som höll några djur för det mesta.

”Du hade åkt in till stan?”

”Till mataffären, bara för att plocka upp några saker. Mamma var så självgående, hon hade höns och en mjölkget, odlade det mesta av sina grönsaker, bakade till och med sitt eget bröd. Hon tyckte fortfarande om allt det där, och jag hjälpte henne med det. Hennes läkare sa att det skulle hjälpa mot demensen, att försöka hålla henne kvar i sina vanliga rutiner. Men vi hade slut på kaffe, så jag tänkte att jag bara skulle ta en snabb sväng in till stan och köpa; det är bara tio minuters bilväg åt båda hållen och hon sov alltid minst en timme.”

”Låste du dörren?” Redan när han frågade visste Jason att det var en dum fråga. Folk som bodde längs Stony Creek Road brydde sig inte om att låsa dörrarna eftersom de flesta inte hade något värt att stjäla. Det var mycket möjligt att ytterdörren inte ens hade ett fungerande lås, och om den hade det, kunde Carlas mamma absolut ha öppnat inifrån.

”Nej”, sa Carla och sänkte blicken. ”Jag drog bara igen den bakom mig, jag tänkte inte ens på det. Det hade ändå inte hållit mamma inne om hon fick för sig att vandra iväg.”

”Men ett uppbrutet lås hade varit bevis på att hon inte gick av egen vilja”, sa Jason.

”Det är därför jag aldrig kommer att sluta banna mig själv för att jag inte låste, för då hade polisen kanske tagit mig på allvar. Det dröjde tjugofyra timmar innan sheriffen till slut accepterade att mamma var försvunnen och nedlät sig till att hjälpa till med sökandet. Fram till dess var jag ensam.”

”Jag är så ledsen”, sa Jason och visste att orden inte räckte till men kände ändå att han måste säga dem. ”Ni hittade aldrig minsta spår?”

”Ingenting. Inte ett förbannat dugg, och det är därför jag inte kan köpa det. Vi levde på landet, men mamma gillade inte skogen. Hon skulle aldrig ha gått ut där, och om hon hade gått längs vägen hade någon sett henne, plockat upp henne. Alla som bodde där nere kände henne, och det finns ingen chans att hon kunde ha gått så långt att jag missade henne på vägen tillbaka heller.” Carlas röst steg i tonläge i takt med att oron växte. ”Jag har aldrig kunnat acceptera att mamma bara försvann, och Julias försvinnande drog upp allt till ytan igen, för omständigheterna var så lika, förstår du? Och så dyker du upp med den här galna historien om Julia ute i skogen och hon hittas död och jag... jag tror dig helt och fullt, vilket betyder *vad hände henne*? Och hände det som hände henne också min mamma?”

Hon skakade av känslor, tårarna rann nedför kinderna. Jason slog armarna om henne och höll henne hårt och sa bestämt: ”Vad som än hände både Julia och din mamma, är det dags att se till att det aldrig händer någon annan igen.”

”V-vad menar du?” Hennes röst var dämpad mot hans hals men tydlig.

”Det betyder att det är dags att gräva fram vilka små smutsiga hemligheter Woodvale har dolt. Sheriffens avdelning tar uppenbarligen inte försvinnandena på allvar, så då gör jag det.”

”Jason, vad tänker du göra?” Carla drog sig tillbaka och lyfte ansiktet för att se på honom.

”Jag ska hjälpa dig att utreda.”

”Det här är inte din strid... och du har redan ett rejält mål på ryggen”, hon skakade på huvudet och rynkade pannan av oro.

”Det blev min strid i samma ögonblick som Julia Bulridge bad mig hjälpa henne”, invände Jason. ”Jag svek henne, och jag känner att en del av skulden för hennes död ligger på mig. Om jag hade lyckats hålla henne hos mig och fått henne tillbaka in till stan, eller om jag hade stannat där ute i skogen och hittat henne själv i stället för att åka till sheriffen, hade hon varit vid liv då? För jag kan inte låta bli att undra om hon inte dödades enbart för att jag såg henne. De var tvungna att få fram henne på något sätt, och död, med mordet fastnitat på mig, var det enda bekväma sättet. Det enda sättet som gjorde att hon inte kunde berätta för någon var hon hade varit.”

Carla stirrade på honom med stora ögon. ”Du tror att någon höll henne instängd någonstans? Varför?”

”Det är 64 000-dollarsfrågan, eller hur?”

De teg båda en minut och funderade, innan Carla sa tyst: ”Och den andra viktiga frågan är *vem*, eller hur?”

”Om vi kan svara på *vem*, kan vi lista ut *varför*. Eller så leder *varför* oss till *vem*. Hursomhelst har alldeles för många människor försvunnit spårlöst i den här stan. Det slutar *nu*.” Hans käkar var hårt sammanbitna, uttrycket beslutsamt. Han påminde Carla om en attackhund i koppel, kompakt musklad och skrämmande kraftfull, tålmodigt väntande på ägarens kommando att släppa lös vreden.

Jason Hunter skulle bli en formidabel motståndare, men han var den sortens bundsförvant Carla aldrig hade haft i sin strävan att ta reda på vad som hänt hennes mamma. Med honom vid sin sida kände hon en våg av något som nästan kändes som hopp.

"Lovar du mig", sa hon, "att du inte överger mig?"

"Rangers ger inte upp, frun." Han mötte hennes blick stadigt. "Även om min första prioritet just nu måste vara moster Rose, lovar jag att jag inte lämnar Woodvale förrän jag har hjälpt dig reda ut den här soppan."

"Det duger för mig", sa Carla med en nick och lutade sig fram för att besegla avtalet med en kyss. Jasons muskulösa armar slöt sig om henne och han vände dem plötsligt, rullade henne över på rygg.

"Någon måste vaka över din rygg", sa han allvarligt. "Du har vaktat min, hittills. Jag vill att du ska veta att jag har din, Carla, oavsett om det här håller eller inte." Han nickade ner mot deras nakna kroppar, tätt pressade mot varandra. "Vad som än händer, lämnar jag dig aldrig i sticket när skurkarna tränger på."

Det förtjänade en kyss till, så hon slingrade armarna om hans nacke för att leverera den. När hon kände honom hårdna mot låret igen drog hon sig tillbaka och log mot honom. "Behöver du vara någonstans?"

"Inte just nu", han skakade på huvudet och log tillbaka mot henne. "Du?"

"Inga möten förrän i morgon bitti."

"Jag borde vara tillbaka hos moster Rose lagom till middagen, men fram tills dess är jag din."

"Utmärkt." Hon sträckte sig mot nattduksbordet och kände i den öppna lådan efter asken med kondomer. "Då slösar vi ingen tid."

Flinande tog Jason paketet från Carlas hand när hon räckte det till honom. "Hur vill du ha det, älskling?" frågade han med en ogudaktig blick ner på henne. "Långsamt och mjukt, snabbt och hårt... säg bara till så står jag till tjänst."

"Det märker jag." Hon vickade på höfterna och bäddade in hans tilltagande hårdhet mellan låren. "Du ligger bra där... vänta, nej. Låt mig vända mig om."

"Åh herregud, du vill ha bakifrån? Du tar kål på mig." Han sköt sig tillbaka på hälarna, rullade på kondomen och tittade lystet när hon vände sig över på mage och sköt upp på händer och knän, kastade en kokett blick över axeln.

"Du är bara snack. Visa lite verkstad", krävde Carla, och Jason rörde sig, grep tag om hennes höfter med starka händer.

"Åh, älskling, du ska få verkstad. Du gör bäst i att hålla i dig." Han gjorde första stöten långsam, pressade stadigt djupare in i henne, drog sig inte tillbaka alls, bara drev in tills hans skrev mötte hennes rumpa och han var helt i botten.

Carla flämtade, knogarna vita där hon grep tag om sänggaveln, ryggen bågad när hon sköt tillbaka rumpan för att möta Jasons inträngning.

"Åh fan, ja", flämtade hon och skrek sedan hans namn högt när han drog sig halvvägs ut och sedan stötte hårt in igen.

"Kom igen", krävde Jason, satte en snabb, stadig rytm i stötarna, lät ena handen glida runt Carlas höft och känna mellan hennes ben, snärta hårt med fingertopparna över hennes klitoris. "Låt mig känna dig komma, älskling. Jag vill känna dig."

Det dröjde inte länge innan han fick som han ville, Carlas lilla kropp krampade i hans grepp när hon knep om honom, hesa rop föll från hennes läppar. Det starka dragandet från hennes inre muskler om hans kuk fick honom nästan att se stjärnor, känslan blev helt enkelt för mycket. Han stannade, pressade djupt in i henne och slöt ögonen, lät henne dra ur orgasmen ur honom långsamt och utdraget.

"Faaaan", sa han till slut, lade ena handen i svanken på Carla för att stadga henne medan han långsamt drog sig ur och såg till att kondomen satt kvar.

"Och vilken jävla omgång det var", höll Carla med andfått, kollapsade som en lealös hög på madrassen medan Jason klev av sängen och stapplade ut till badrummet. Knäna skakade när han gjorde sig av med kondomen och tvättade händerna; tillbaka i sovrummet föll han ner bredvid Carla på madrassen.

"Herrejävlar, tjejen", var allt han sa. Leende kröp hon närmare och bäddade in huvudet mot hans axel, nöjd med att bara ligga med honom i bekväm, mättad tystnad.

Hon måste ha slumrat till, för nästa sak hon visste var att hon vaknade när Jason gled ur sängen.

"Hm?" Carla blinkade sömnigt mot honom och undrade varför han klädde på sig tills hon tittade förbi honom och såg att himlen utanför fönstret började mörkna.

"Jag måste tillbaka. Moster Rose undrar vad som hänt mig." Han drog tröjan över huvudet och böjde sig ner för att kyssa henne. "När börjar vi utreda?"

Hon satte sig upp, drog lakanet om sig, och granskade honom när han satte sig på sängkanten för att dra på sig stövlarna. "Jag vill ta kontakt med en journalist jag känner. Jag vet att han grävde i försvinnandet av de där tre pojkarna för några månader sedan, och deras koppling till Julia Bulridge. Jag vill höra hans syn på saken nu, med tanke på de senaste dagarnas händelser."

"Låter bra", nickade Jason instämmande. "När pratar du med honom?"

"Han är en nattuggla; jag ringer honom i kväll. Kan du komma förbi i morgon? Jag har en klient klockan nio, men är ledig efter tio."

"Självklart. Kanske kan jag göra lite ordentligt kaffe åt dig." Hans ögon glittrade när han log ner mot henne; hon grep en kudde och dängde den i honom, skrattande.

"Ut härifrån! Gå och ta hand om Rose."

Jason parerade kudden med ett skratt, kastade sig raklång över Carla och pinade fast henne, fångade hennes ansikte mellan händerna för en lång, sinnlig kyss.

"Till i morgon, vackra", mumlade han till slut och lyfte på huvudet. Hon log upp mot honom, det halvslutna leendet hos en väl tillfredsställd kvinna, och Jason behövde en kyss till innan han kunde släppa taget om henne.

Kapitel tolv

Uppställningsplatsen låg inte långt från Carlas hus, bara ett par kvarter bort. Hennes vettskrämda skolkompis hade uppenbarligen gjort som hon sagt och ringt i förväg, för chefen på platsen var väldigt angelägen om att lämna tillbaka nycklarna till Jasons hyrbil. Han körde den till hyrbilsfirmans kontor inne i stan, betalade utan att knorra för en extra dags hyra och tackade ja till deras erbjudande om skjuts dit han skulle.

Rose verkade utmattad när Jason kom tillbaka till hennes hus. Vänner hade sedan länge fyllt hennes frys med matlådor, men hon bara skakade på huvudet när han försökte få henne att äta. Till slut lyckades han övertala henne att ta lite soppa, eftersom hon behövde få i sig något för att kunna ta sin medicin.

"Det är ingen vits med det här", muttrade hon och sköljde ner tabletterna med några klunkar vatten. "Jag håller på att dö, tabletterna kommer inte att ändra på det."

Det var svårt för honom att höra henne prata så, Rose den okuvliga, hon som aldrig hade backat, aldrig tagit ett steg tillbaka trots åratal av övergrepp från sin man och sin son, som aldrig hade låtit Hunters sätta sig på Jason och hans mamma.

"De är bara till för att du ska ha det bekvämare", sa han till slut och tog glaset ur hennes skakande hand.

"En stadig bourbon skulle göra jobbet mycket bättre." Hon pressade sig upp på fötter och viftade bort honom när han gick för att hjälpa henne. "Jag vet, jag vet, jag får inte ta en. Inte än, i alla fall."

"Inte än?"

"Doktor Walters säger att när det börjar närma sig tar han mig av medicinerna och då kan jag få vad jag vill. Jag har en dyr flaska champagne i kylen, och ett paket *cigaretter*." Hon lät förtjust, som en tonåring som planerar en vild rymning från föräldraauktoriteten.

"Moster Rose, du har inte rökt sedan jag var barn," Jason skakade på huvudet. "Du hostar lungorna ur dig."

Hon log mot honom, en bräcklig skugga av den starka, livfulla kvinna hon en gång varit. Ingen blodsförvant, men hon var ändå den enda familj han hade förutom sin mamma och styvfar, eller åtminstone den enda han ville erkänna. Bara tanken på att förlora henne fick hjärtat att värka.

"Det finns värre sätt att gå, Jason", sa hon och gick långsamt nerför hallen till sovrummet, medan käppen knackade ett mjukt plunk-plunk när hon gick. "God natt, kära du", svävade hennes röst mjukt kvar i luften bakom henne. "Sov gott."

Jason satt tyst en stund och stirrade ut i mörkret genom fönstret. Till slut suckade han och reste sig, gick till köket för att värma gratängen han tagit ur frysen och försökt övertala sin moster att äta. Han behövde själv en måltid, och han kunde lika gärna äta den som att kasta den.

Efter sin ensamma kvällsmat fiskade han fram telefonen och sökte och scrollade lite, och önskade att Rose var tillräckligt tekniskt lagd för att äga en dator. Skärmen på telefonen var helt enkelt för liten för mer än att kolla större nyhetsartiklar, och det fanns väldigt få av dem som ens nämnde Woodvale, än mindre gick på djupet med några försvinnanden. Kanske skulle han köpa en laptop i morgon; han behövde nog en dator om han skulle hjälpa Carla att ta reda på mer om försvinnandena.

Med den tomma tallriken i handen gick han till köket för att diska innan han gick till sitt rum. När han satte sig på sängen och såg sig omkring transporterades han tillbaka till tonåren av rummets inredning, oförändrad sedan han flyttade för att börja på college. Det satt flaggor och rosetter från hans idrottsmeriter nästan över hela väggen mittemot sängen, och en hylla med hans gamla skolböcker fanns kvar ovanför skrivbordet där han spenderat många långa timmar med att slita över läxorna.

Med blicken på böckerna gick Jason fram för att titta, och efter några minuter hittade han ett gammalt skrivhäfte där bara några sidor var använda. Han rev ut dem och slängde dem i papperskorgen, hittade en blyertspenna i skrivbordslådan och satte sig för att göra anteckningar. Han gav varje sida rubriken med namnet på en av de försvunna personerna, med Carlas mamma först, och fyllde i allt han visste om fallen hittills.

Medan han långsamt knackade pennspetsen mot den sista sidan funderade han över vad han visste om Julia Bulridges försvinnande. Den enda av de saknade som någonsin hade setts igen hade tystats innan hon hann berätta vad hon visste, det var han säker på. Han hade fortfarande fruktansvärt många obesvarade frågor, med början i varför hon flytt den relativa säkerheten i hans bil när hon verkade helt övertygad om att det fanns hundar i skogen som jagade henne.

Det gick bara inte ihop. Visst, han var en främling, men han hade hjälpt henne, sagt att han skulle ordna sjukvård åt henne.

Och, tänkte Jason, det sista han gjorde innan Julia försvann var att ringa polisen.

Det verkade nästan otänkbart, men hade Julia sprungit för att hon var rädd för någon på polisstationen?

Knackandet med pennan blev långsammare och stannade till sist. Det där var bara spekulation, sa Jason till sig själv, även om hans instinkter skrek om sheriff McCarthy. Han hade inga bevis som stöd för sin känsla, och att Julia flydde hans bil precis efter att han ringt polisen kunde vara en slump. Bilen hade ju stannat, och hon kunde knappast ha kastat sig ut medan den rullade. Hon kanske hade sprungit oavsett vem han ringt.

Ändå var samtalet till polisen en del av tidslinjen för Julias död. Han krafsade ner så mycket som möjligt ord för ord av samtalet som han kunde minnas. Kanske kunde Carla använda sin hävstång på Floyd för att få en inspelning eller utskrift av samtalet. Det kanske till och med fanns ljudet av Julia som öppnade bildörren i bakgrunden, ett ljud Jason hade missat när det faktiskt hände. Tidpunkten i samtalet när hon gjorde sin sorti kunde säga dem något.

Han bläddrade längst bak i skrivhäftet, gjorde en lista med frågor att ställa till Carla och därefter en uppsättning sökord att använda när han fått tag i en riktig dator.

Ett omedvetet leende spred sig över hans ansikte när han tänkte på Carla. Att träffa henne var en oväntad, men förtjusande, överraskning. Sexet med henne hade varit bättre än han haft på länge... kanske någonsin. Han kunde inte minnas att han någonsin haft en partner som var så ogenerat sensuell, vars begär så perfekt gick i takt med hans egna.

Han var hård igen bara av att tänka på henne. Med en suck lade han ifrån sig pennan och reste sig. Dags att duscha och få lite sömn. Åtminstone skulle han inte ligga vaken hela natten och älta allt i en ändlös loop. Åren i Rangers hade lärt honom att slå av hjärnan när han behövde, att fackindela och sno åt sig sömn närhelst han kunde.

Jason ryckte till ur en djup sömn, genast klarvaken. Rummet var mörkt, men inte kolsvart; gardinerna över fönstret var tunna och släppte in lite diffust ljus. Månljus, tänkte han, låg helt stilla och lyssnade, med alla sinnen på helspänn för att avgöra vad det var som väckt honom.

Där.

Det svagaste av knarr. Ett steg ute i stora rummet.

Och han hade inte så mycket som en kniv.

Det fanns dock ett baseboliträ i hörnet. En relik från hans high school-år. Han gled ljudlöst ur sängen, slöt fingrarna kring det slitna greppet och lyfte träet utan ett ljud medan han tassade på tå mot dörren.

Ett till knarr, den här gången närmare. Den som var där ute skulle behöva passera Jason för att nå moster Roses rum, och det skulle inte hända, inte på hans vakt. Han slet upp dörren och kastade sig ut i hallen med ett morr på läpparna.

Glas krossades och ett skrik slet genom natten.

”Jason! Vad i *helvete?*” Moster Rose stod där med handen tryckt mot halsen, bara en kontur i det svaga ljus som nattlampan i halluttaget spred. Mjölk pölade sig runt hennes fötter.

”Herregud.” Förfärad stelnade han till. ”Rör dig inte!” Hon hade inga tofflor på sig och skulle skära upp fötterna på glassplittret.

”Är det där ditt basebollträ?” Rose lät förfärad när han hastigt backade in i sitt rum, ställde tillbaka träet i hörnet, grep sina kängor och drog på dem.

”För bökigt att ta med vapen över nationsgränser, så ja. Det var det enda jag hade till hands”, medgav han, gick tillbaka ut till henne och lyfte henne försiktigt från golvet. Han blev förfärad över hur lite hon vägde nu; hon kändes inte som mycket mer än ett hölje av skinn och ben.

”Nå, jag måste säga att jag är glad. Du kunde ha skjutit mig!” sa Rose indignerat.

”Var inte löjlig”, hånlog han. ”Jag har aldrig skjutit någon jag inte fullt ut tänkt skjuta.”

”Ska det där vara tröstande?” krävde hon, men hon skrattade medan han bar henne tillbaka till sängen. ”Hämta en blöt trasa, Jason, jag har mjölk på fötterna. Jag tänker inte stoppa in dem i sängen så här.”

”Ja, moster Rose.” Han lydde henne plikttroget, torkade hennes fötter med den fuktiga tvättlappen innan han gick tillbaka till köket och hämtade ett nytt glas mjölk åt henne.

”Trodde du verkligen att någon var på väg att bryta sig in i huset?” frågade Rose när han ställde glaset på nattduksbordet, och Jason suckade.

”Ja”, sa han rakt på sak.

”Men varför?” Hennes panna veckade sig av förvirring. ”Jag har inget värt att stjäla.”

”Det handlar inte om det.” Han satte sig på sängkanten, noga med att inte stöta till henne. ”Det är något skumt på gång i den här stan, och jag är rädd att jag ramlade rakt in i mitten av det med stackars Julia Bulridge. Jag tror att någon oroar sig för att hon hann säga mig något innan hon dog.”

”Säga dig vad?”

”Ingen aning, för hon sa ingenting till mig. Men någon tror att hon kan ha gjort det. Något som pekar åt deras håll.”

”Och det är därför de försökte arrestera och tysta dig. Vilket betyder... de finns inom polisen. Eller har inflytande där. Åh, Jason.”

Han försökte le, men han hade redan bestämt att han inte skulle linda in saker för Rose. Den tid hon hade kvar mättes i dagar och veckor snarare än månader och år; han bad att han skulle kunna hålla trubbel borta från hennes dörr, men han fruktade att hans ankomst skulle störa hennes frid rejält. Han sa som det var, och hon sträckte ut handen och grep hans, greppet förvånansvärt starkt med tanke på hennes bräcklighet.

”Trubbel eller inte, jag vill hellre ha dig här, Jason. Jag är glad att du har kommit.”

”Jag också”, sa han och lutade sig fram för att kyssa hennes kind. ”Jag tänker inte lämna dig ensam. Så antingen åker vi båda eller så stannar vi båda; du väljer, moster Rose. Ett telefonsamtal så ordnas ett privatjet, det lovade jag dig.”

Hennes käke ställde sig på det där sättet han kände alltför väl; hon må inte vara blodsfrände, men han såg samma envisa spjärn i spegeln när han själv kände sig särskilt tjurskallig.

"Jag tänker inte låta mig jagas bort från mitt hem. Jag vill dö här, där jag har varit lycklig. Där mina minnen finns."

"Försöker någon jaga bort dig får de göra upp med mig", lovade Jason.

"Och ditt trogna basebollträ?" Hennes urblekta ögon glittrade. "Du vet väl att jag har en pistol?"

Han tappade hakan.

"Din mor och jag gick på skjutlektioner tillsammans, för många år sedan. Jag kan nog inte ens hålla i den längre. Titta i nedersta lådan." Hon nickade mot nattduksbordet.

Det var en Walther PPK/S, och Jason misstänkte att den kunde vara äldre än han själv, men den var i perfekt skick, ren och lätt inoljad. En ask .380 ACP-patroner låg prydligt i låsboxen bredvid.

"Du har tittat på för många Bond-filmer", anklagade han.

"Har alltid älskat en bra actionrulle." Rose tog en klunk av mjölken och lutade sig trött tillbaka mot kuddarna. "Ta den, Jason. Jag har en oroande känsla av att du kan behöva den."

Han stängde låsboxen och kilade in den under armen innan han lutade sig fram och kysste hennes panna. "Sov nu, moster Rose."

"Du också", mumlade hon och slöt ögonen. "Åh, och Jason?" sa hon när han reste sig för att gå. "Bjud hem Carla på middag i morgon."

Det fanns inget annat att säga än "Ja, moster Rose."

Han stängde dörren om hennes nöjda leende, gick för att städa upp röran av glassplitter och spilld mjölk i hallen innan han bar tillbaka låsboxen till sitt rum och plockade isär pistolen för att kontrollera den. Den var i perfekt skick, och eftersom det var ett litet, nätt vapen passade det perfekt i fickan på hans kavaj. Enligt Idahos lag behövde han inte ens licens för att bära den dold.

Var han på väg att trappa upp allt genom att bära vapen, undrade han? Han kände efter så att den inte syntes genom kavajfickan, tog sedan upp den igen och laddade långsamt magasinet med sju skott.

Jag har aldrig varit förtjust i att ta med en kniv till en eldstrid. Han hade faktiskt anklagats tidigare för att överbeväpna sig — inte för att hans befäl någonsin klagat på resultaten han levererade. Den lilla Walthern var ingen kulspruta eller halvautomatisk karbin, men han hyste inga illusioner. Om han behövde mer än de sju skott som Walthern rymde var läget FUBAR och hans chanser att överleva nära noll oavsett vilket vapen han bar.

Sömnen blev det tunt med för Jason den natten. När hans mosters avlösningssjuksköterska kom tidigt på morgonen var han redan uppe, stod i köket och stekte pannkakor och bacon och funderade över sina alternativ. Barclays hade sagt att sex personer försvunnit på fem månader; han ville veta om det hade skett några andra mystiska försvinnanden sedan Carlas mamma för fyra år sedan.

Att fråga polisen var uppenbart inget alternativ, så han måste vända sig till de enda andra i stan som kunde ha informationen och vara villiga att dela med sig. Tyvärr ägdes Woodvales tidning, som så många andra lokala företag, av hans farbror. Han tvivlade på att någon som jobbade där skulle vara hjälpsam, men deras arkiv borde vara offentliga. Och, med lite tur, digitala.

Dags att köpa en laptop, beslöt han, och stack in huvudet genom dörren till moster Roses rum för att säga att han skulle vara borta en stund och fråga om hon ville ha något. Hon låg i sängen med dropp i armen och skakade bara på huvudet, uppenbart inte ens pigg nog att bjuda på ett leende.

På väg ut genom dörren ljusnade Jasons dämpade sinnesstämning genast när han såg Carlas bil köra upp. Hon klev ur och log brett mot honom.

"Hej. Ska du någonstans?"

"Datorshopping. Jag blir galen av att läsa allt på telefonskärmen."

"Vill du ha skjuts?"

"Alltid." Han gav henne ett snuskigt flin, och hon skrattade.

"Till gallerian, din snuskhummer."

"Det var precis vad jag menade!" bedyrade han dygdigt, och fullkomligt osant, medan han gled ner i passagerarsätet.

KAPITEL TRETTON

CARLA LA I DRIVE, småskrattade och skakade på huvudet. Jasons obändiga charm kunde lysa upp även det mörkaste humör.

"Så, vad förde dig hit upp?" frågade han när hon svängde ut på huvudvägen. "Eftersom du inte gick in, antar jag att du ville träffa mig snarare än min moster?"

"Jag tänkte att du kanske ville ta en roadtrip med mig", sa hon.

"Jaså? Vart då?"

"Redstone Creek." Hon nämnde närmaste stad, vilket i norra Idaho betydde en tur på nästan tio mil tur och retur.

"Jag har inget emot att köpa en laptop där i stället för här, men finns det någon särskild anledning att du vill dit?" pressade Jason lätt.

"Research. Jag tillbringade större delen av natten med att gå igenom *Woodvale Gazettes* arkiv och jag har identifierat flera andra oförklarade försvinnanden de senaste sex åren, utöver min mammas och den våg som varit de senaste månaderna."

”Ah, du ligger före mig. Det var min plan när jag hade hämtat laptopen.”

Hon kastade en sidoblick på honom, nickade uppskattande åt att han uppenbarligen var inne på samma spår. ”Fick mig att undra om det bara var Woodvale. Som det råkar sig är den där journalistvännen jag nämnde en gammal skolkompis som jobbar på *Redstone Advertiser*. När jag ringde för att ställa några frågor blev han väldigt tyst och sa sedan att han ville ses personligen och prata om det.”

”Har min farbror någon andel i *Redstone Advertiser*?” frågade Jason rakt på sak.

”Nej.” Hon log snävt åt hans lättade suck. ”Men ägaren är en känd bekant till honom. De har gjort affärer ihop många gånger förut, de är med i samma klubbar. Walt Jackson.”

Jason ryckte på axlarna i okunnighet.

”Walt har samma typ av inflytande i Redstone Creek som Philip Hunter har i Woodvale.”

”Åh, det var ju *fantastiskt*.”

Ett skarpt, humorlöst skratt slapp ur henne åt sarkasmen i hans ton. ”Och *Redstone Advertiser* har inga nätarkiv tillgängliga för allmänheten längre tillbaka än tolv månader. Min vän kommer nog att hjälpa oss, tror jag, men vi måste skydda honom som källa. Vilket betyder att vi möter honom på hans lunchrast, någonstans avsides.”

”Tur att du hämtade upp mig, då”, sa Jason. ”Ifall att.”

”Ifall att vad?” Förvirrad tog hon blicken från vägen ett ögonblick och rynkade pannan åt honom.

”Ifall han är smutsig, och du blir nästa siffra i statistiken.”

”Wow”, sa Carla när hon fick tillbaka andan. ”Du var inte lite pessimistisk.”

”Realist”, rättade han. ”Jag fattar inte vad som pågår här, Carla, men en sak är helt klar; det här är skumraskaffärer. Någon dödade Julia Bulridge och försökte sätta dit mig bara för att de var rädda att hon kunde ha sagt mig något, och de ville tysta mig. Om du tror att de skulle tveka att få dig att försvinna, då är du inte tillräckligt paranoid. Har du en pistol?”

”Ja”, sa hon genast, men hon kände hur en skyldig rodnad spred sig över halsen.

”Och var är den?” frågade han obarmhärtigt.

”I mitt vapenskåp hemma.” Hon höll blicken på vägen; hon behövde inte se hans cyniska sidoblick. ”Okej, okej. Jag tar ut den när jag kommer hem, håller den nära. Hur är det med dig, har du en pistol?”

”Ja”, sa han och överraskade henne, ”men jag skulle gärna stanna till på en vapenbutik och plocka upp ett hölster till den. Jag är inte särskilt sugen på att bära den i fickan. Kan hända att jag plockar på mig något med lite mer räckvidd också.”

”Typ ett jaktgevär?”

Ur ögonvrån såg hon Jasons axelryckning. ”Eftersom jag inte tror att min favoritmodell av kulspruta finns att få tag på utanför militären, så visst. Ett jaktgevär.”

”En kulspruta vore kanske lite overkill”, påpekade hon, halvt skrattande. Han sa inget, och hon kom på sig själv med att undra vilken sorts insatser han hade sett under sina år i Rangers. Nästan ett decennium, räknade hon ut, och en sak hon visste om Rangers var att de alltid skickades dit det var som hetast. Afghanistan, garanterat, gissade hon, och ett antal andra oroshärdar, flera av vilka han förmodligen aldrig skulle erkänna att han varit i alls eftersom USA:s militär aldrig officiellt hade varit där.

”Berätta om Guàlize”, bad hon, i stället för att fråga om den militärtjänst han nästan säkert inte kunde diskutera. ”Du sa något om att du känner presidenten?”

”Den tillträdande presidenten. Det är en lång historia, men min före detta kapten i Rangers är gift med den tillträdande presidentens dotter. Kapten McAuley ombads hjälpa till med att sätta upp en paramilitär, antidrog-task-force och hjälpa guàlizeanerna att träna elittrupper. Jag var i slutet av min nuvarande tjänstgöringsperiod och han ringde och erbjöd mig ett jobb.” Jason gjorde en paus, och Carla var ganska säker på att han mentalt redigerade sin berättelse för civila öron. ”Jag hade varit i strid med honom i Guàlize en gång. Jag gillade stället och människorna, och pengarna de erbjöd var utmärkta. Plus, mycket mindre risk att bli beskjuten.”

Carla var rätt säker på att USA aldrig officiellt varit inblandat i några insatser i Guàlize, en vänligt sinnad sydamerikansk nation, under det senaste decenniet. Hon var också säker på att Jason inte tänkte utveckla, så hon lät bli att trycka på. ”Så, du är utbildningsinstruktör nu? Vad är din specialitet?”

”Strid i skogs- och terrängmiljö.” Han log när han tittade ut genom fönstret, på de vidsträckta tallskogarna på båda sidor om vägen de körde på. ”Annorlunda skogar där nere än de jag växte upp med, förstås. Tropisk regnskog. Men grundprinciperna är desamma.”

”Finns det fortfarande saker där ute som äter upp en om man ger dem chansen?” retades Carla.

”Japp.” Han skrattade. ”I stället för björn, varg och puma är det jaguar, kajman och piraya.”

Hennes rysning var helt och hållet äkta.

”Jag ska inte berätta om insekterna och ormarna, va?”

”Definitivt inte! Jag kanske bor i en småstad men betoningen ligger på *stad*. Jag är en urban varelse.”

”Tja, du skulle gilla Guàlize City. Den är helt fantastisk. Massor av underbar arkitektur, både från kolonialtiden och modern, och några otroliga arkitektoniska platser att besöka i närheten. Och maten!” Han förde ena handen till läpparna, kysste fingertopparna i en kockkyss. ”Världens bästa streetfood, utan konkurrens. Det vattnas i munnen bara jag tänker på min favoritquesadillavagn.”

”Åh herregud”, sa Carla längtansfullt. ”Jag skulle kunna dö för lite schysst latinamerikansk streetfood. Det finns inte en mexikansk restaurang inom 200 miles. Inte ens en förbannad Taco Bell.”

”Jag lagar åt dig”, sa Jason. Han log åt hennes chockade min. ”Jag är en bra kock. Lita på mig.”

”Med mitt liv? Visst. I mitt kök? Vet inte det, kompis.”

De körde vidare, pratade lättsamt, och Carla tänkte i hemlighet på hur otroligt lätt det var att känna sig bekväm med Jason Hunter.

När de kom fram till Redstone Creek svängde Carla in på parkeringen framför kontorsvarubutiken. ”Bästa stället att köpa en laptop, tror jag”, sa hon, och Jason nickade och gled lätt ur bilen.

”Behöver du något?” frågade han.

”Åh, jag följer med in.” Hon log mot honom och låste bilen. ”Jag erkänner en liten svaghet för kontorsmaterial. Jag hamstrar fina anteckningsböcker.”

Han fällde inte ens någon spydig kommentar, vilket lyfte honom ännu ett snäpp i Carlas aktning. Het, rolig, charmig och omtänksam, tänkte hon; hur sjutton hade han inte blivit bortplockad redan?

Jason plockade upp en laptop i mellanklassen, en mus och en axelväska att bära dem i. Carla hade en hel korg full med skrivmaterial när de möttes vid kassorna, men han sa ingenting, bara följde efter henne tillbaka till bilen när de båda hade betalat.

Vapenbutiken låg bara ett par kvarter bort, och här verkade Jason vakna till liv, pratade kunnigt med expediten, som uppenbart kände igen honom som militär från första stund. Jason tog god tid på sig med valen, plockade upp ammunition, ett axelhölster till handvapnet han tog ur kavajfickan, och valde sedan ett förvånansvärt billigt jaktgevär, även om expediten försökte styra honom mot ett mer högklassigt.

"Jag är inte ute efter att skjuta på en halvmils avstånd", sa Jason bistert och granskade geväret noga. "Det här är tillräckligt träffsäkert på ett par hundra yards." Han plockade däremot upp ett mörkersikte till det, och Carla undrade vilka scenarier han såg framför sig där han skulle behöva det.

"Jag tar den där också", sa Jason när de lade upp allt på disken vid kassan.

Carla tittade vad han pekade på, och gapade åt pumphagelgeväret som expediten tog ur en monter. "Vad tror du att vi kommer att ställas inför?" frågade hon lågt.

"Förhoppningsvis, inget." Jason nickade åt hagelpatronerna expediten erbjöd. "Fyra askar, tack." Han vände sig mot Carla. "Men om jag har fel... då kommer skurkarna få lära sig den hårda vägen att de aldrig borde ha jävlats med mig."

Hans käkar hade hårdnat, och det fanns ett ljus i hans blå ögon som hon inte sett förut. Det var yrkessoldaten som stod framför henne, insåg Carla, Rangern som förberedde sig för sitt uppdrag. Beväpnade sig för ett krig han inte ville behöva utkämpa.

De låste in allt utom Jasons handvapen i bagageutrymmet, svängde förbi dinern för att hämta några mackor och kaffe att ta med, innan de körde till den stilla parken där Carlas vän hade bett att få ses. Han satt på en bänk med utsikt över bäcken som gett Redstone Creek sitt namn och tittade på några små barn som kastade bröd till änderna under sina föräldrars vakande ögon.

”Barry Hillsum. Det var inte igår”, sa hon glatt och slog sig ner bredvid honom.

”Och du har bara blivit vackrare”, sa Barry, med en sidoblick på henne genom de tjocka glasögonen och ett fånigt leende. Han hade alltid varit den blyga, nördiga typen; de hade gjort skoltidningen på Woodvale High tillsammans. ”Vem är din vän?” Han rynkade pannan åt Jason.

”Jason Hunter.”

Barry var redan blek; han blev nästan grön och flög upp på fötter. ”*Hunter?*”

”Sätt dig.” Carla gjorde en lugnande gest. ”Han är inte en av dem.”

”Tekniskt sett är jag det, eftersom Philip är min farbror”, sa Jason, ”men jag tycker att han är ett riktigt kräk, så om han är din fiende kan du räkna mig som solitt på din sida.”

”Han är inte min fiende.” Barry satte sig, och betraktade Jason försiktigt. ”Jag vill dock helst att han förblir helt omedveten om att jag finns.”

”Jag har inte tänkt nämna ditt namn för någon. Har redan glömt det, faktiskt. Brian, var det inte?”

Barrys läppar ryckte svagt. ”Jag tror jag gillar honom”, mumlade han till Carla. ”Litar du på honom?”

”Det gör jag”, sa hon.

”Bra nog. Du har alltid varit rakryggad, Carla; jag anförtror dig det här för att jag ärligt talat inte vet vem annars jag ska vända mig till. Min chef beordrade mig inte bara att lägga ned granskningen, utan aktivt avråda alla andra från att rota i det också, och något stinker.”

”Vilken story?” Carla hade aldrig sett Barry så här. Han verkade skakis, nervös; tittade sig ständigt omkring och stirrade på alla som ens sneglade åt deras håll.

”Du frågade mig om personer som försvunnit runt Redstone Creek de senaste åren. I slutet av förra året var det ett uppmärksammat fall; två unga kvinnor som skulle hem från college till jul. De steg aldrig av sin Greyhound.”

”Namn?” frågade Jason lågt. Han hade plockat fram ett block någonstans ifrån och satt med pennan lyft.

”Emily Darnell och Sasha Thoms. Båda tjugo, båda pluggade i Boise. Enligt alla uppgifter mönsterelever, nära vänner, inget ovanligt med någon av dem. De sågs senast på en rastplats ungefär åtta mil härifrån, när de tog en toapaus. Bussföraren sa att de tog av sina väskor och klev inte på igen trots att de hade biljetter hela vägen till Redstone Creek. Antagandet var att de träffade någon de kände som erbjöd sig att köra dem sista biten hem, men ingen har kunnat lista ut vem det var. De bara försvann, som uppslukade av jorden.”

”Och eftersom de var söta, unga vita kvinnor så väckte det medieintresse?” frågade Carla, lite cyniskt.

”Emily Darnells morbror är delstatssenator”, sa Barry.

Jason gav ifrån sig en låg vissling. "Okej, inte konstigt att du sa uppmärksammat."

Barry nickade mot honom. "Han fick FBI inkopplat, hävdade att han hade varit måltavla för inhemska terrorhot och att hans fiender kan ha tagit Emily. De vände på varenda sten mellan här och Boise, kändes det som... och ingenting. Inga spår efter tjejerna."

"Jag fattar inte", sa Carla. "Vad är poängen med att din redaktör beordrar dig att döda storyn? Sånt här lever sitt eget liv och får nationell press."

"Inte storyn om de två. Storyn om de andra."

Carla kände ögonbrynen flyga upp. "Vilka andra?"

"Fallet Darnell och Thoms är förmodligen det största som hänt i Redstone Creek. Men de är inte de enda försvinnandena. Jag har jobbat på den här tidningen i sju år, och under den tiden har jag skrivit tjugo artiklar om försvunna personer, från tonåringar som verkar ha rymt hemifrån till vuxna som stack för att söka jobb och aldrig hörde av sig igen. Nu vet jag inte om ni vet det, men nationell statistik över försvunna personer visar att mellan 89 och 92 procent hittas, döda eller levande, inom det första året. Vill ni veta hur många av Redstone Creeks försvunna som har dykt upp?"

Carla ryckte på axlarna. "Visst."

"Inga."

"Jag är ledsen." Jason lutade sig fram, med intensiv blick. "Du säger alltså att statistiskt sett borde arton av de där tjugo ha hittats, på ett eller annat sätt, men *ingen* har någonsin gjort det?"

"Det är precis vad jag säger." Barry mötte hans blick utan att blinka.

”Fan.” Jason gav röst åt vad Carla tänkte. ”Det stinker lång väg. *Några* av dem borde ha dykt upp, även om det så var som en identifierad kropp.”

”Japp. Jag började sammanställa information och prata med familjer – de som ville prata. De flesta blir kritvita om läpparna och vägrar ens prata om det. Till och med Emily Darnells morbror, vill jag påpeka. Ett par veckor efter att hon och Sasha försvann kunde du inte slå på TV:n utan att se hans ansikte. Sen blev han plötsligt helt tyst. Och sedan dess har han gjort några... låt oss kalla det, okaraktäristiska drag, politiskt.”

Carla blåste ut luften genom kinderna. ”Tror du att Emilys försvinnande var en varning?” frågade hon. ”Ändra dina ståndpunkter, annars blir det nästa gång någon närmare än en systerdotter?”

”Kanske. Han ville inte prata med mig, så jag har ingen möjlighet att testa teorin. Och även om någon hotade honom så, vem säger att det faktiskt var personen som tog Emily? Det kan ha varit en opportunist som ville roffa åt sig något.” Barry spred ut händerna, osäkert. ”Det enda jag vet säkert är att efter att jag försökte få en intervju med senator Darnell, då dök min redaktör upp vid mitt skrivbord, krävde allt mitt underlag och sa att storyn var död och att jag, och jag citerar, *skulle sluta trakassera sörjande familjer.*”

”Herregud”, muttrade Carla, med huvudet snurrande.

”Hur länge?” frågade Jason efter ett par minuters tystnad.

”Ursäkta?” Barry rynkade pannan åt honom.

”Du sa att du har jobbat på tidningen i sju år och täckt tjugo fall. Hela vägen från starten av din karriär? Är det möjligt att de här mystiska försvinnandena började ännu tidigare?"

Barry blinkade några gånger, fuktade läpparna. Tog fram ett eget block och började bläddra i det, uppenbart för att kolla sina anteckningar. "Det är... konsekvent", sa han. "Två–tre per år. Så... ja. Det kan ha börjat tidigare."

"Skulle du kunna kolla upp det?" frågade Carla. "Tyst. Förstås. Bara en titt i tidningsarkiven. *Redstone Creek Advertisers* är inte offentliga utan att registrera ett konto och betala en avgift, och jag är tveksam till att sätta mitt namn på något just nu."

"Förståeligt." Barry nickade skarpt, och rev sedan ut en papperslapp ur blocket, klottrade ner något och räckte över. "Har du VPN och ett engångsmejl?"

"Nej, men det har jag innan kvällen", sa Carla efter en sekunds förstummad tystnad.

"När du har det, mejla mig på den mejladressen. Jag skickar en sammanställning av vad jag har hittills, med namn och datum. Skriv inte in något i en sökmotor om inte din VPN är på."

Med en nick och en kort klapp på hennes arm reste sig Barry. "Jag måste tillbaka till jobbet. Jag ska rapportera om en skolmusikal i eftermiddag. Högdramatiskt."

Hon såg hur stilla arg han var, hur mycket han längtade efter att jaga den riktiga storyn. Hitta svar och ge de anhöriga till de försvunna avslut. "Var försiktig, Barry", sa hon mjukt. "Se dig över axeln. Och tack."

"Om det finns en story här", sa han, evigt journalist, "så vill jag ha den. Jag säger upp mig, skriver den och säljer den till *New York Times*."

"Om vi reder ut det, är storyn din", lovade Carla, och han nickade en gång till innan han vände på klacken och gick därifrån.

Kapitel fjorton

Bilresan tillbaka till Woodvale blev stilla, Carla och Jason var båda uppslukade av sina egna tankar. Till slut sneglade Jason på Carla, som hade tillbringat större delen av resan med underläppen fångad mellan tänderna, naggandes på den medan hjärnan uppenbart jobbade för högtryck.

"Du sa att du hade kollat tidningsarkivet i Woodvale och hittat 'några' försvinnanden. Hur många totalt, och hur långt tillbaka gick du?"

"Jag gick bara tillbaka fem år", sa Carla. "Längre än så kom jag inte utan att behöva skaffa ett betalkonto eller gå till biblioteket eller tidningsredaktionen."

"Vilket kanske inte är så klokt", mumlade Jason.

"Mm." Hon nickade. "Men för att svara på din fråga: det var fler än tjugo på fem år. Kanske trettio. Jag utgick dock från att några av dem hade dykt upp igen. Och det där Barry sa – några av dem han hade skrivit om var personer som påstods ha dragit iväg för att söka jobb och aldrig hört av sig till familjen igen. Jag är säker på att det finns sådana från Woodvale. Jag kan faktiskt komma på minst en. Jag trodde bara att han hade lämnat sin fru, men... när jag tänker på det... han avgudade henne, och deras barn. Jag trodde aldrig riktigt på att han skulle ha dragit, och jag vet att hon aldrig accepterade det. Han skulle åka norrut och försöka hitta jobb i oljefälten i Alaska."

"Och nu tänker du att om vi undersökte det, skulle vi upptäcka att han aldrig kom till Alaska?"

"Jag tror inte han någonsin lämnade Idaho. Inte min mamma heller, och alla de andra. Herregud, Jason." Hon tog blicken från vägen ett ögonblick och gav honom en blick som var påtagligt rädd. "Vad har vi snubblat över?"

Det visste han inte. Det låg långt, långt utanför även hans omfattande erfarenhet från militären. Folk dog i krig, ja, men det fanns en anledning till det, en kropp, en utredning. Inte bara totalt försvinnande och radiotystnad. Inte bokstavligen dussintals människor, inklusive syskonbarnet till en delstatssenator.

Han kom hela tiden tillbaka till just det. Han tittade ner på anteckningsblocket i knät, där Emily Darnells namn stod överst på en sida och var hårt inringat.

"När du mejlar Barry", sa han, "fråga om någon har försvunnit i Redstone Creek efter Darnell-flickan och hennes vän."

"Varför?" frågade Carla.

"För att jag tror att de var ett misstag. Någon som blev kaxig. Tänk efter. Alla andra som har försvunnit har varit sådana som faktiskt försvinner. Struliga ungar. Gamla med demens – utan att på något sätt vilja förolämpa din mamma, Carla."

”Inte alls.” Carlas panna veckade sig. ”Och folk som var mellan två ställen, som inte saknades lika tydligt. De som stack för jobb, eller college, och bara aldrig kom tillbaka.”

”Exakt.” Jason knackade med ett finger på Emily Darnells namn. ”Hon och Sasha var på väg hem från college. De var väntade; de blev saknade. De drog till sig uppmärksamhet som måste ha varit oönskad. Så antingen passar de inte in i mönstret – det är en annan gärningsman, kanske någon som ger sig på söta unga kvinnor och tog chansen – eller så var det någon som klantade sig. I så fall borde försvinnanden i Redstone Creek logiskt sett ha torkat ut åtminstone ett tag, medan den som ligger bakom håller sig undan.”

”Eller så är det en del av mönstret men hade ett annat syfte. Som Barry teoretiserade. Påtryckningar mot morbrorn.”

”Argh.” Jason grep tag om huvudet. ”Det här är för komplicerat. Ge mig en lagom enkel mordisk knarkbaron vilken dag som helst.”

Carla skrattade till, men det var utan humor. ”Och jag måste påpeka att om det är en annan gärningsman kan försvinnandena lika gärna sina då också. Den som ansvarar för de andra försvinnandena kan välja att lägga sig lågt tills fokus flyttas bort från Redstone Creek.”

”Fan.” Hon hade rätt, insåg han. ”Så, de... flyttade verksamheten till Woodvale? Vilket förklarar den plötsliga vågen de senaste månaderna.”

”Det gör det. Deras jaktområde krympte.” Carlas fingrar spände sig om ratten. ”Jag skulle tro”, sa hon efter några minuters tystnad, ”att om vi följer försvinnandena, kommer vi att se att det blir ungefär ett i månaden. Ganska jämnt utspritt.”

”Varför?” Jason slog handen i instrumentbrädan i frustration. ”Det är det jag inte fattar, varför? Det finns inget mönster i offren. Unga, gamla, män, kvinnor. Svarta, vita, latinos. Allt jag vet om seriemördare säger att de har en föredragen typ av offer. Darnell-flickan kan vara någon sorts maktdemonstration, men inget av de andra offren passar in i det mönstret.”

”Det utesluter all sorts människohandel eller sexuella motiv”, sa Carla. ”Även om man drar det till det långsökta: om du kidnappade folk för att plocka organ till svarta marknaden eller något, skulle du inte ta folk som Julia Bulridge eller min mamma.”

”Vad återstår då?” frågade Jason, helt blank.

”Jag vet inte.” Carla tuggade på läppen en stund medan de oändliga skogarna susade förbi utanför bilrutorna. ”En kickmördare?” sa hon till slut. ”Någon som går igång på att se ljuset slockna?”

Det var det enda svaret som hade någon sorts rimlighet, men det kändes ändå inte rätt för Jason. ”En person?” sa han tvivlande. Med tanke på allt annat de hade upptäckt, för att inte tala om sheriffavdelningens uppenbara vilja att ingen skulle rota i försvinnandena, gick det inte ihop. Inte ens hans farbror, med all sin makt, hade inflytandet och pengarna att köpa tystnad av så många.

”Jag vet inte, Jason.” Carla lät nästan förtvivlad. ”Jag bara vet inte.”

De saknade fortfarande någon avgörande pusselbit, det var säkert. Jason kunde bara inte begripa vad det skulle kunna vara. Han tänkte igen på Julia Bulridge och önskade desperat att hon hade litat på honom tillräckligt för att berätta något innan hon flydde från bilen ut i mörkret.

När han tittade ner på anteckningsblocket i knät mindes han något annat han ville kolla upp. Han bläddrade till en ny sida och krafsade ner några ord.

"Vad skriver du?" frågade Carla.

"En påminnelse om att ta reda på vad sheriff Thomas McCarthy gjorde i flottan."

"Vad har det med något att göra?" Hon lät förbryllad.

"Antagligen inget. Jag vill bara veta vem jag har emot mig."

"Har du källor? Annars kan jag nog kontakta en vän till mig som jobbar på FBI numera. Det hade jag ändå tänkt."

"Jag kan få fram informationen." Jason planerade att mejla sin gamle befälhavare. Överste Brody Cullane var en källa han regelbundet vände sig till när han behövde information som hjälpte honom i arbetet i Guàlize; han kanske var utanför protokollet här, men han var rätt säker på att översten ändå skulle leverera, särskilt i en så liten sak som att kolla en före detta sjömans tjänstgöringsuppgifter. Medan han tänkte på det tog han fram telefonen, öppnade mejlprogrammet och skrev ett snabbt meddelande.

Det kom ingen omedelbar reaktion, men det hade han knappast väntat sig. Han stoppade undan telefonen och sa: "Du nämnde inte att du hade en polare på FBI."

"En kompis från juristutbildningen." Carla nickade. "Jag skickade henne kopior av motellets övervakningsmaterial som gav dig alibi. För säkerhets skull. Det här är inte riktigt hennes område – numera jobbar hon med ekobrott vid kontoret i Buffalo – men hon skulle ha dragit igång processen om jag inte följt upp, och hon sätter mig i kontakt med folk som lyssnar när vi har något värt att titta på."

"Fattar." De var nästan tillbaka i Woodvale nu. "Skulle du kunna svänga förbi mataffären innan du lämnar av mig hos Rose?"

"Självklart. Jag borde nog köpa något till middag ändå."

"På tal om det sa moster Rose åt mig att bjuda in dig på middag. Så om du vågar riskera min matlagning – jag tänkte göra lite av den där gatmaten från Guàlize som jag lovade dig. Min version av den i alla fall."

"Hur skulle jag någonsin kunna tacka nej till en sådan inbjudan?"

Hon var bedövande vacker när hon log, och Jason kände hur lusten han jobbat med att trycka undan hela dagen började bubbla upp till ytan. "Vi kan stanna till hos dig också."

"Jaså?" Hon gav honom en sidoblick. "Varför då?"

"Jag tror du vet varför."

"I så fall." Hon blinkade ut och svängde av från huvudvägen in på en sidogata. "Då går vi nog helst dit först. Annars kan matvarorna bli kvar i bilen för länge."

Trots ovissheten och oron han kände över de saknade människorna, spred sig en varm känsla av tillfredsställelse i Jason medan Carla körde honom tillbaka till Roses hus. Han hade ringt Rose från Carlas hus tidigare för att säga att han inte skulle komma hem på ett tag; hon hade glatt berättat att det gick en film på TCM den eftermiddagen som hon planerade att se, och att han absolut inte skulle oroa sig. Det fick honom att känna sig betydligt mindre skyldig över att han spenderade två timmar i sängen med Carla.

Efter att de hade älskat (två gånger) satt de i sängen med sina laptops och gjorde research, bekväma i att vara nakna tillsammans medan de jobbade. Carla hade skrivit ut en-sidesårskalendrar för de senaste fem åren och de hade noggrant markerat varje försvinnande de kunde hitta inom en radie på hundra miles runt Woodvale, med hjälp av listan Barry mejlat henne och med olika färgpennor för att koda var personen försvunnit ifrån.

När de var klara lutade de sig tillbaka och granskade papperen. Carla hade haft rätt; försvinnandena låg nästan exakt på ett i månaden. De få gånger mönstret bröts var det fler än en som försvunnit på en gång, som Emily Darnell och Sasha Thoms eller bröderna Whitton och Mark Martin, som familjen Barclay hade berättat om för honom hans första kväll tillbaka i Woodvale.

"Det är ett försvinnande i månaden, men jag ser inget mönster", sa Jason till sist. "Det är på olika dagar i månaden och olika veckodagar."

Carla tuggade på läppen igen, på det där sättet han hade lärt sig betydde att hon tänkte hårt. Hon sträckte ut handen och knackade långsamt med ett finger på en symbol på en av kalendrarna, en som de inte själva hade satt dit.

"Fullmånen?" frågade Jason blankt. Han misstänkte att det var ren slump att kalendrarna hon skrivit ut hade månfas-symboler på sig.

"Nästan alla försvinnandena sker tre eller fyra dagar före fullmåne. Julia Bulridge ligger längst bort, nio dagar före fullmåne."

"Så, vadå?" Han skrattade halvhjärtat. "Tror du det finns någon sorts sjuk satanist- eller mörk-wiccansk kult

där ute som kidnappar folk för att använda som män-
niskooffer i en fullmånerit?"

"När du säger det högt låter det helt vansinnigt, men...
kan du komma på ett mer sannolikt scenario?"

Carla lutade sig tillbaka mot kuddarna och såg på när Jason
bredde ut utskrifterna över sängen, gick igenom datumen,
letade efter andra mönster. Att se musklerna spela under
den solbrända huden på hans axlar och bröst var en fröjd;
hon kände sig lite skyldig över att bli sexuellt distraherad
med tanke på hur allvarligt deras arbete var, men hon hade
aldrig känt sig mer levande än just då.

"Jag tror det är dags att vi kontaktar min FBI-komp-
is", sa hon till slut, när Jason bara skakade långsamt på
huvudet som svar på hennes fråga. "Hon kan ta reda på
vem som tittade på Darnell-flickans försvinnande och se
om de kanske pratar med oss. För även om det kan finnas
ett annat motiv där, med delstatssenatorn, så är faktum att
hon och hennes vän ändå passar in i mönstret med någon
som försvinner precis före fullmåne – och det finns inga
andra försvinnanden den månaden."

"Som vi känner till", påpekade Jason, och Carla nickade
och medgav poängen. Om de bara kunde få FBI att titta på
datan de samlat, kunde de sätta in mycket större resurser.

Hon klev ur sängen, drog på sig morgonrocken och
samlade ihop papperen för att ta dem till skannern. Hon
skulle mejla dem till sin FBI-vän nu, och till Marcus Dev-
ereaux på åklagarkammaren.

Jason klev också upp ur sängen och drog på sig kläderna, med ett motvilligt uttryck som berättade att han mycket hellre hade tillbringat resten av eftermiddagen i sängen han också. Men de behövde åka till mataffären, och sedan tillbaka till Rose.

Jasons telefon pep när han drog på sig byxorna, och han fiskade upp den ur fickan, tryckte på skärmen och rynkade pannan. "Hm. Det där hade jag inte väntat mig."

"Vad?" sa Carla och vände sig om från skannern när hon matade in sista sidan.

"Min gamle befälhavare gjorde mig en tjänst och kollade upp sheriff McCarthys flottregister. Han var hundförare." Jasons ansikte mörknade när han scrollade och läste vidare. "Han blev vanhedrande avskedad. Anklagad för att ha hetsat sin tjänstehund att attackera en oskyldig civil."

"Det kom inte upp när han kandiderade till sheriff!" Carla stirrade på honom, chockad. "Blev han dömd?"

"Han skyllde på att hunden gick bärsärk, enligt det här. Han accepterade ett vanhedrande avsked i stället för att gå till rättegång. Har polisen här några hundar?"

"Nej, och jag tror inte McCarthy har en sällskapshund heller. Åtminstone har jag aldrig sett honom med någon."

"Julia pratade om hundar." Jasons blick blev inåtvänd när han uppenbart mindes hur han hittat Julia Bulridge, kall och skräckslagen i regnet och mörkret. "Hon var livrädd, sa att hon kunde 'höra hundarna'."

"Hörde du något?"

Han skakade på huvudet medan han knäppte skjortan. "Inget annat än vind och regn, och det lät rätt högt just då."

Carla tuggade eftertänksamt på läppen, men hon kunde inte se hur det skulle vara relevant. Hon hade inte hört några historier om hundar som sprang lösa i skogen, och sa det.

"Vargar?" undrade Jason.

"Alltså, jag är säker på att de finns där ute. Men Julia Bulridge tillbringade år i Woodvale och kom från en annan småstad i Idaho dessförinnan. När hon var yngre gillade hon att vandra och skjuta. Hon kunde skillnaden mellan hundar och vargar."

"Hm. Varför mejlar du inte Barry – fråga om han hört något om hundar som springer lösa?"

"Absolut." Hon skickade snabbt iväg mejlet till sin FBI-vän med kopia till åklagaren, skrev sedan ihop ett annat till Barry och skickade även det. Det kom inget omedelbart svar, så hon lät laptopen stå öppen medan hon klädde på sig skinnyjeans och en topp med djup, rund ringning i en eldig röd färg som hon visste passade bra till hennes hy och hår. När hon såg Jason betrakta henne uppskattande gav hon honom en käck blinkning medan hon satte sig på sängen för att ta på sig sina stövletter med klack. "Du ska nog sluta titta på mig sådär, annars hinner du inte laga middag åt mig."

Han skrattade och kom fram för att ta henne i famnen och kyssa henne igen, långsamt och länge. "Vad det än är som pågår här, Carla", sa han tyst och lutade pannan mot hennes, "så ångrar jag inte att det fört mig till dig."

"Inte jag heller", viskade hon tillbaka, och de stod kvar så, lutade mot varandra, i en lång, salig stund av tystnad.

Han gav henne inga löften, och det uppskattade hon. De visste båda att de var inne i något djupt och mörkt, kanske mörkare än vad till och med han hade sett, trots sina krigserfarenheter. Att dussintals människor hade försvunnit spårlöst, och att den som hade fått dem att försvinna gjorde ett förbannat bra jobb med att sopa igen spåren. Och att, vare sig de ville eller inte, Carla och Jason fanns på deras radar.

Det enda verkliga valet de hade var att ta reda på vad som pågick och vem som gjorde det. För att lämna stan, som Jason hade föreslagit, var inget alternativ. Inte när Carla var säker på att försvinnandena inte skulle upphöra.

Hon kunde helt enkelt inte leva med det på sitt samvete.

Kapitel femton

DE STANNADE VID MATAFFÄREN för att köpa lite förnödenheter innan Carla körde Jason tillbaka till Roses hus. Regnet hade börjat igen efter en mestadels torr dag, och de skyndade uppför trappan, Carlas armar fulla av matkassar och Jason nedtyngd av den långa vapenväskan, den bärbara datorn och en väska med ammunition.

Ytterdörren stod öppen.

Bara några centimeter på glänt, men Carla tvekade på tröskeln. Mörkret föll, och hon trodde inte att Rose var typen som lämnade dörren öppen. Kanske hade sjuksköterskan inte stängt ordentligt när hon gick?

"Jason", sa hon lågt.

"Vad är det?" När han kom uppför trappan bakom henne tog han in hennes kroppsspråk, såg den öppna dörren och stelnade till. "Var den inte låst?"

"Den var *öppen*."

Han väste mellan tänderna. Han ställde ner datorväskan mot verandans sida, stack in handen under jackan och drog sin pistol. "Ställ dig åt sidan, Carla. Rose skulle aldrig lämna dörren öppen."

Hon svalde, hjärtat började plötsligt hamra i dånande takt, och hon flyttade sig för att släppa förbi honom. Han hasade av sig väskan med långvapnet från axeln och lutade den mot verandans sida. Han ställde ner ammunitionsväskan också.

"Pressa dig mot väggen. Sidledes. Litet mål", andades han mycket mjukt mot hennes kind, väntade tills hon lydde innan han rörde sig framåt i en plötslig suddig rörelse, nästan för snabb för henne att uppfatta, sparkade upp dörren och kastade sig in, med vapnet redo i handen.

Carla stod kvar, höll andan och lyssnade intensivt. Hon hörde ingenting, inte ens Jasons steg när han rörde sig genom huset.

Han var tillbaka på mindre än en minut, med bister min. "Rose är inte här", sa han kort, tog tag om hennes armbåge för att snabbt fösa in henne, stannade till för att plocka upp allt han släppt. Han slog igen dörren och vred om låset.

"Vad menar du, inte här? Vart har hon gått?"

"Ingen aning."

Jasons ansikte var stramt, hårt, munnen dragen i en bestämd linje. Han gick fram till fönstren, drog snabbt för gardinerna och tände sedan lampan.

Carla tittade sig omkring och undrade vad som fick fårorna i hans panna att djupna ännu mer. Inget såg ut att vara i oordning så långt hon kunde se. I vardagsrummet fanns flera småbord med lampor och prydnadssaker, som säkert hade blivit omkullstötta om något hänt.

"Vad ser du?" frågade hon.

"Moster Roses handväska." Jason pekade på en stor brun väska på golvet bredvid en reclinerfåtölj. "Och hennes telefon.” En mobil låg på soffbordet, en enkel med sifferknappar i stället för en smartphone. ”Hon skulle aldrig gå någonstans utan dem.” Han föll ner på ena knäet och öppnade dragkedjan på långvapenväskan. ”Jag gillar inte det här, Carla.”

”Kanske blev hon sjuk.” Carla försökte hitta en bra anledning till att Rose saknades. ”Upphämtad av en ambulans?”

”Har du numret till Barclays, grannarna? De skulle veta om det hände.” Medan hon slog numret, lade Jason till: ”Fast de hade ringt mig så fort det gjorde det, så jag tvivlar.”

Mrs Barclay svarade efter ett par signaler. ”Rose?” sa hon när Carla frågade. ”Nej, jag har inte sett henne sedan i morse. Jag tittade in med lite soppa jag hade lagat till lunch. Ska jag komma över?”

”Nej”, sa Carla snabbt. ”Nej, snälla stanna hemma. Håll gardinerna fördragna.”

Det blev tyst ett ögonblick, sedan kom Mr Barclay på linjen. ”Unga dam, det här låter inte bra. Var är Rose? Och Jason?”

”Jason är här med mig nu. Vi förstår inte vart Rose har tagit vägen; det är därför vi ringer. Vi kom tillbaka och upptäckte att hon var borta.”

Jason rörde sig genom huset på ljudlösa fötter, hagelgeväret i händerna, blicken vaksam medan han kontrollerade varje rum.

”Såg ni något i eftermiddag? En främmande bil ute på gatan?” frågade Carla förhoppningsfullt.

”Jag är ledsen, Ms. Ramirez. Det har vi inte”, sa Barclay, och hon hörde hans fru hålla med i bakgrunden. ”Ska vi ringa polisen?” frågade han och skrattade sedan hårt. ”Hör på mig. Tror fortfarande på lag och ordning.”

”Jag tror fortfarande på lag och ordning, Mr. Barclay. Det är bara det att sheriffen i Woodvale tydligen inte gör det. Ring inte polisen – men har ni penna och papper? Jag ska ge er ett par telefonnummer och be er ringa några andra åt mig. En av dem är en vän till mig på FBI.”

Jason, som kom tillbaka in i rummet då, gav henne en gillande nick. ”Din åklagarvän också”, sa han lågt, ”och Barry.” Han tog fram sin egen telefon medan Carla dikterade nummer och gav instruktioner till Barclays, slog ett nummer.

Jason hade velat undvika det här steget, men han hade inte längre något val. ”Sir”, sa han när hans chef, före detta kapten Jack McAuley, svarade, ”jag tror att jag behöver en väldigt stor tjänst.”

”Jag är nog skyldig dig några stycken”, svarade Jack lätt. ”Vad behöver du?”

”Backup.”

Det blev tyst ett slag. ”Rangers skulle vara närmare”, sa Jack.

”Jag vet, men att be dem agera på amerikansk mark öppnar Pandoras ask.”

”Och guàlizeanska trupper skulle vara bättre?”

Jason grimaserade. ”Plausibelt förnekbara privata legosoldater?” försökte han.

”Vad i hela helvetet pågår, Hunter?”

”Jag önskar att jag visste”, sa Jason ärligt, ”men jag är ganska säker på att minst femtio människor är döda, kanske fler, och min moster Rose kan bli nästa. Hon är försvunnen."

Jack visste exakt vem Rose var och vad hon betydde för Jason. Han hade ätit många av hennes hemmaskickade kakor. Han svor i ett par sekunder och sa sedan rappt: "Jag ser till att ha män på ett plan i natt."

"Låt dem komma till Roses hus. Det kommer att finnas en kvinna här, en advokat som heter Carla Ramirez. Hon vet allt jag vet, troligen mer. Hon kommer att briefa dem."

"Och var kommer du vara?" Oroskänslan i Jacks röst sa att han visste exakt vad Jason tänkte göra.

"Jag ska hitta moster Rose."

När han lade på vände han sig mot Carla, som stod med händerna i sidan och blängde på honom. "Inte en chans att jag sitter här medan du går... vart då? Du vet ju inte ens var du ska leta!"

"Jag vet var jag ska börja", sa Jason.

"Sheriffens kontor? Du blir arresterad i samma sekund som du kliver in genom dörren!"

Han skakade på huvudet, ett snett leende rörde vid läpparna. "Nej, så dum är jag inte. De har inte tagit Rose dit. Trots vad jag tycker om sheriffen tror jag inte att hela avdelningen är korrupt. Din gamla skolkompis verkade okej, om än aningslös. Ryktet skulle sprida sig."

"Var då, då?"

"Där allt började." Jason plockade upp geväret han hade köpt tidigare samma dag, tacksammare än någonsin för sin egen paranoia. "Min farbrors hus."

Carla stirrade på honom, uppenbart försökte hon förstå, och han försökte förklara sig.

"Rose är Philips mamma. Följ logiken här, okej? Jag utgår ifrån att den som tog henne gjorde det för att tvinga mig att backa – eller planerar att lura in mig i en fälla. Hur som helst är hon ett vapen mot mig.”

”Okej”, sa Carla med en långsam nick. ”Jag är med så långt.”

”Antingen vet inte min farbror om det – och då kan jag spela på att han kanske fortfarande älskar sin mamma, åtminstone lite, och försöka få honom att kalla in några tjänster för att se till att hon är säker – eller så vet han om det, och då har hon nästan säkert förts till hans hus.”

Carla bet sig i läppen medan hon vägde hans slutsatser, och Jason trodde att hon skulle använda sitt skarpa juristförstånd för att punktera hans logik på tusen ställen och räkna upp en massa andra lösningar. Vilket han hade välkomnat, för en oskyldig, logisk förklaring till var Rose var skulle vara en enorm lättnad.

I stället skakade hon långsamt på huvudet. ”Du tror att han *vet*, eller hur? Du tror att han är inblandad i allt det här... vad nu den här smutsen är. Och att han är beredd att använda sin egen mor som gisslan för att stoppa dig från att ta reda på det.”

”Ja”, sa Jason utan omsvep.

”Då stannar jag definitivt inte här.”

Han blinkade mot henne. ”Förlåt?”

”De måste stoppa mig också, Jason. Och min mamma är redan borta. Det finns inga gisslan de kan använda mot mig. Om du lämnar mig här är jag ett lätt byte.”

Hennes telefon ringde medan han stirrade på henne och försökte samla argument för varför hon hade fel – även om han anade att det inte skulle sluta väl att bråka med en advokat. Carla fiskade upp telefonen och tittade på den.

”Barry”, sa hon, och han nickade och väntade på att hon skulle svara.

Carla tryckte på knappen för högtalare och höll den mellan dem. "Hej, Barry", sa hon.

Tystnad.

Carla ryckte blicken från telefonen upp till Jasons, med plötslig fasa i ansiktet.

"Barry?" sa Jason, i hopp om att en mansröst i andra änden kunde få vem det nu var att tänka om. Förutsatt att det inte var Barry, förstås.

"Bara lämna", sa en mekaniskt förvrängd röst. "Det här är er enda varning. Båda två. Sätt er i bilen och åk. Lämna delstaten. Lämna landet."

"Barry", formade Carla ljudlöst med läpparna, med ångest i ansiktet. Jason skakade på huvudet och varnade henne för att säga det.

"Du vet redan att jag inte tänker göra det", sa han. "Och du vet varför. Släpp Barry och Rose, klipp era förluster. *Ni* sticker. För jag kommer efter er."

Skrattet lät fruktansvärt genom den distorsionspryl som uppringaren uppenbarligen använde. Som något ur en skräckfilm. Carla pressade den fria handen över munnen. Den skakade, och raseriet som vällde upp i Jason var så djupt, så brutalt, att det chockade honom.

"Spring", sa han hårt. "Spring så fort du kan, och du ska fan i mig aldrig sluta titta över axeln, din idiot, för jag kommer efter dig. Och du kan ge dig fan på att Rangers får fatt i det vi jagar." Han tryckte fingret hårt mot skärmen och bröt samtalet, tog telefonen från Carla och stängde av den.

"Vad..." sa hon.

"Det är bokstavligen en högpresterande spårsändare. Jag tror inte att de är så uppkopplade, men jag kan ha fel. Vi lämnar dem här när vi går. Datorerna också."

När hon tittade på telefonen i handen som om den vore en giftorm la Carla den försiktigt på soffbordet. "Tror du att det var så de hittade Barry... att de spårade våra telefoner?"

"Nej." Jason skakade på huvudet. "Jag tror att de redan bevakade honom. Han hade redan ställt för många frågor. Kom ihåg, han sa att han hade blivit beordrad att släppa storyn han skrev."

"Fan." Hon knep ihop ögonen och drog ett djupt andetag. "Tror du att han redan är död?"

Hennes röst var mycket liten, och Jason ville ta henne i famnen och hålla henne hårt, lova att han skulle ordna allt. Att han skulle skydda henne och hitta Rose och Barry och att allt skulle bli bra.

Men båda visste att det skulle vara skitsnack, så han sa det inte.

"Du har rätt i att du inte kan stanna här", sa han i stället. "Du borde åka hem. Och ringa så många vänner du kan komma på att möta dig där. Din polarkompis på stationen, den där åklagarvännen, alla andra du kan komma på med inflytande. Ring dem nu, säg åt dem att möta dig där, och åk. Berätta vad Barry sa till dig, säg att han nu är försvunnen. Ju fler som vet, desto säkrare är du; desto mindre sannolikt är det att det här kan hållas hemligt."

"Du kommer att hitta dem." Hennes röst darrade, men hon mötte hans blick utan att vika. "Du kommer att hitta dem, Jason, och du kommer att berätta allt det här för FBI själv och vi ska ställa den som gör det här till svars."

"Det ska jag", svarade han stadigt.

Han lade inte till det han tänkte tyst, men han var ganska säker på att Carla visste.

Eller dö på kuppen.

Kapitel sexton

"Vad gör vi nu?" frågade Carla och såg på när Jason tyst och effektivt lastade på sig. Han hade köpt ett par cargobyxor och en jaktväst, båda med gott om fickor; han bytte om och fyllde fickorna med ammunition nu.

"Släpp av mig på Greens Road och åk hem", sa Jason kort. "Använd din fasta telefon på kontoret för att ringa alla vi pratade om, och alla andra du kan komma på."

Greens Road var inte vägen där Philip Hunter bodde; Carla rynkade pannan medan hon tänkte över geografin. Den låg i rät vinkel mot Hunters mark, tänkte hon, och på ena sidan var det bara tät skog, där Jason skulle kunna röra sig osedd för att ta sig in på sin farbrors mark.

"Så du tänker inte gå upp och ringa på dörrklockan, då?" frågade hon.

"Att banka på ytterdörren är bara en bra taktik om man går in med överväldigande styrka", sa Jason torrt, "och eftersom jag inte ser något smidigt SWAT-team här i närheten som backar upp mig, kör jag på smygvarianten. Jag vill få en lägesbild."

De mötte en polisbil som körde i motsatt riktning vid ett tillfälle under färden, och båda höll andan länge, spanande i speglarna.

"Om han vänder, kör in direkt så hoppar jag ur", sa Jason lågt och lutade sig fram för att stirra i sidospegeln.

Carla höll så hårt i ratten att knogarna vitnade. "Vi tycker väl inte att hela sheriffkontoret är korrumperat. Va?"

"Det kan de inte vara. Vad är de, mer än ett dussin? Och några av dem måste ha varit i kåren innan McCarthy kom in, eller hur?"

"Ett par stycken", höll Carla med. "Deputy Cargill var en gammal räv redan på min skoltids dagar; du måste komma ihåg henne. Det var alltid hon som kallades till skolan för att ta hand om ungar som hamnat i rejäl skit. Hon har egna barn där nu; jag kan inte tänka mig att hon skulle vara inblandad i vad den här skitcirkusen nu är, men samtidigt, hur har ingen av dem märkt något?"

"Du skulle bli förvånad." Jason slutade bevaka speglarna. "McCarthy känns som en kille som fackindelar information. Allt enligt behovsprincipen; är det inte ditt ärende, så är det inte din ensak. Trampa hårt ett par gånger på folk som sticker näsan där han inte vill, det skulle inte ta lång tid innan han betingat dem att sluta titta utanför sina små boxar."

"Det låter som att du har erfarenhet av det där?" Carla sneglade på honom.

"Jag hade tur med befälen i Rangers, men ibland korsar man vägar med ett förband som har en sån typ som chef." Jason grimaserade. "De hade en tendens att bli dödade i strid... och lämnade skrivbordskrigaren som hade förstört dem vid liv, fri att gå vidare och sabba ett nytt förband."

De närmade sig avtagsvägen till Greens Road nu, och så fort Carla hade svängt sa Jason: "Släck lyset."

"Nu hoppas jag verkligen att den där polisbilen inte svängde efter oss, för då har han ett färdigt svepskäl att stoppa mig", sa Carla, inte det minsta skämtsamt.

"Han svängde inte. Ingen har varit bakom oss de senaste minuterna." Jason sträckte upp handen och klickade av kupélampan så att den inte skulle tändas när han klev ur bilen. "Här borta."

Här fanns inga gatlyktor, och husen på den bebyggda sidan av vägen låg glest och långt in på tomterna. Inga farstulampor nådde den mörka, skuggiga plats Jason pekat ut.

Carla svalde. "Jag är rädd", sa hon med liten röst.

"Det kommer gå bra för dig." Jasons röst var mjuk i mörkret. Han lade handen mot hennes kind, lutade sig så att hans panna vilade mot hennes. "Åk hem, tänd alla lampor, ring vänner och be dem komma över och stanna hos dig."

"Jag är inte rädd för min skull, jag är rädd för din!"

Han gav ifrån sig ett mjukt, puffande ljud, andedräkten varm mot hennes läppar. "Jag klarar mig, Carla. Jag ska hitta Rose och jag tar henne till dig. Några vänner till mig borde vara hos dig någon gång i morgon. Du kan berätta allt för dem. De kommer hitta mig om jag inte är tillbaka då."

"Du ska fan vara tillbaka då!" Tårarna rann nerför hennes ansikte, och hon kunde inte stoppa dem.

"Sch." Han kysste henne lätt, fingrarna strök under hennes ögon och torkade bort tårarna. "Jag kommer tillbaka, Carla... och när jag gör det lär jag behöva en advokat, så du får vara redo. Jag är inte på särskilt nådigt humör."

"Jag borde väl vara orolig över att du går fullständig hämnare." Hennes mun darrade. "Men om vi har rätt... min *mamma* var en av deras offer. Så var inte nådig."

Han kysste henne en gång, ett fast tryck av läpparna mot hennes, och sedan var han borta, gled ur bilen så snabbt och tyst att hon ryckte till av chock. Det enda ljudet var det mycket svaga klicket när dörren slog igen bakom honom. I ett kort ögonblick var han en skugga utanför rutan, och sedan var han borta in bland träden, så totalt att om det inte varit för den kvarvarande värmen på hennes läppar hade hon nästan kunnat undra om han någonsin funnits där över huvud taget.

Åk hem, sa hon till sig själv, drog djupt efter andan och lade i Drive igen. Hon slog på lyset när hon närmade sig avfarten, blicken överallt på jakt efter en polisbil, eller någon annan bil.

Ingenting. Hela vägen hem. Hon parkerade på gatan rakt under en gatlykta och drog en lättnadens suck medan hon fiskade upp nycklarna. Gå in, hämta sin egen pistol ur vapenskåpet, använda fasttelefonen och börja ringa samtal. Marcus Deveraux från åklagarkontoret först – det var sent, men hon hade hans privata nummer – och sedan en lång lista av andra inflytelserika personer.

Det var förstås inga lampor tända i hennes hus, men hon hade inte lämnat några på på morgonen heller. Det fanns ingen strömbrytare i hallen, men hon hade bott där tillräckligt länge för att kunna ta sig fram i mörkret. Hon sparkade igen dörren bakom sig, hörde att säkerhetslåset gick i, famlade efter kedjan för att haka på den, och gick sedan uppför hallen med fingertopparna lätt strykande mot väggen tills hon kom till sin kontorsdörr. Hon tryckte upp den och sträckte sig efter strömbrytaren, men innan de sökande fingrarna fann den kom ett mjukt klick och lampan på hennes skrivbord tändes, som lyste upp rummet och den långa gestalten som satt bekvämt tillbakalutad i hennes kontorsstol.

”God kväll, Ms. Ramirez”, sa sheriff McCarthy jämnt. ”Har väntat på dig.”

I en olidligt lång stund bara stirrade Carla på honom. ”Hur tog du dig in?” sa hon till slut, oförmögen att komma på något annat att säga.

”Du hyr det här huset, Ms. Ramirez.” Han gav henne en nästan medlidsam blick. ”Vem tror du äger det?”

Namnet på kontraktet var inte Philip Hunter eller Hunter Industries, men mannen hade säkert ett dussin brevlådeföretag. Carla förbannade tyst sin egen dumhet — och svor högt när hon såg arkivskåpslådan bredvid sheriffen stå på glänt, kofoten ligga på golvet bredvid det uppbrutna kodlåset. Mapparna låg utspridda på hennes skrivbord.

”Det där är mina konfidentiella klientakter!”

”Några av dem väldigt användbara också.” Sheriffen blinkade inte ens. ”Woodvale-polisen tackar dig för informationen, Ms. Ramirez.”

”Dra åt helvete!”

Han klickade ogillande med tungan och skakade långsamt på huvudet. ”Inte särskilt damigt av dig, *Carla*.”

Att han använde hennes förnamn skiftade något. Hans attityd gick från lugn säkerhet till något annat; en uppdämd hotfullhet som skrämde henne. Hon försökte befalla sina skälvande knän att stadga sig.

”Vad vill du, sheriff?”

”Var är Jason Hunter?”

"Ingen aning." Hon sa det med full sanning. "Han drog."

McCarthy krökte på läppen. "Och lämnade dig helt ensam."

Hon gillade inte den hånande släpiga tonen. Ville slå det där flinet ur ansiktet på honom, men visste med plågsam ärlighet att hon inte hade en chans mot honom fysiskt. Hon hade bara sin list att överlista honom med, men hon kunde inte ens börja nagga på det förrän hon visste varför han var här och vad han ville.

"Jag kan inte hjälpa dig med Jason Hunter. Han är en lös kanon."

"Det är han sannerligen, men där får vi nog vara oense om vad du kan göra. Jag tror definitivt att du kan hjälpa oss att hantera honom, för jag räknar med att jag vet vart han är på väg." McCarthy vecklade ut sig ur stolen och reste sig. "Du och jag ska ta en liten tur, Carla."

"Det ska vi fan i mig inte!" Hon skulle inte vinna den här fajten, men hon tänkte inte ge sig utan strid. Hon var rätt säker på att han inte skulle skjuta henne, vilket innebar att hon kanske hade en chans att få in några smällar. Hon kastade sig runt för att springa, tänkte att om hon bara kunde komma till köket, få tag på en kniv...

En mula sparkade henne mellan skulderbladen, och hon föll till golvet, krängande och ryckande. *Taser*, förklarade den sista rationella delen av hennes hjärna, precis innan den stängde ner helt.

Jason gled ljudlöst genom mörkret och lyssnade intensivt medan han rörde sig. Han hade tagit ett helt varv runt sin farbrors egendom och kollat av ytterkanten. Sådan den nu var, för på ena sidan fanns ingen egentlig gräns. Bara djup skog.

Jason trodde inte att det berodde på att hans farbror ville att hjortarna skulle kunna vandra in på bakgården.

Han hade hört en hund skälla en gång, ett djupt skall som tydligt kom från någonstans nära huset, fast inte inifrån. Ingen schäfer, tänkte han. Någon slags pitbull, eller blandras. En kamphund? Han visste att Philip var nonchalant grym, kunde gilla hundslagsmål. Han hade utrymme här att bjuda in vänner att titta om han ville; marken var minst sextio tunnland stor. Men en illegal hundslagsmålsring var inte det som skyddades här. Det var inte stort nog för att motivera alla dessa försvinnanden.

Det lyste i huset; inte överallt, men i flera fönster, och en eller två gånger såg Jason en skugga röra sig där inne, visste att åtminstone en person var där.

Frågan var om moster Rose var där inne?

Han smög närmare och lyssnade. Om hunden, eller hundarna, fick vittring på honom kunde de börja föra oväsen. När han hörde ännu ett ylande skall på andra sidan huset, gick han närmare igen, lite tryggare. Han skulle gå in från den här sidan, se om han kunde få en blick in genom ett fönster.

Ljudet av en motor och däck som knastrade mot grus fick honom att glida tillbaka in i mörkret intill ett par stora träd igen. Strålkastare svepte kort över honom, men Jason var inte orolig; han hade smetat jord i ansiktet för att mörka ner det direkt när han klev ur Carlas bil, bar mörka kläder och stod stilla i skuggorna. Han skulle vara omöjlig att urskilja från en bil i rörelse.

En garagedörr gled upp och Jason såg hur bilen, eller snarare pickupen, rullade in. En ny och dyr F150, fullt utrustad. Hans farbrors? Vem var hemma, då? Philip Hunter hade varit gift en gång, men hans fru hade för länge sedan dragit vidare till grönare ängar, slickat såren och tacksamt tagit emot den futtiga utbetalningen han behagat bjuda på, bara lättad över att komma undan.

Dörren gled ner igen och Jason flyttade sig från mellan träden, smög tyst närmare huset. Utvändiga lampor innebar att han förr eller senare måste korsa en exponerad yta, och han stannade för att bedöma bästa stället.

Där, tänkte han. Svårt att se från den vinkeln från något av fönstren. Han skulle stå vid husets hörn, mellan ett upplyst fönster på ena sidan och ett släckt på den andra. Han såg inga kameror på huset, vilket betydde att han troligen inte skulle bli observerad. Just som han skulle kasta sig över tio meter öppet, stelnade han till när en röst ropade hans namn.

"Jason!"

Var det hans farbrors röst? Det var längre runt bakom huset. Han smälte tillbaka in bland träden, rörde sig tyst åt det hållet, noga med att inte knäcka så mycket som en enda torr kvist under foten.

"Jag vet att du är där ute, Jason!"

Nej, det gör han inte. Han chansar.

Det fanns en balkong på andra våningen. Löjligt i det här klimatet; det kanske var ett par månader om året som var varma nog att sitta där ute, och då skulle man bli uppäten av myggen. Han kunde urskilja pardörrar bakom den, men inga lampor. En av dem stod öppen.

Han lyfte geväret till axeln och siktade mot den dörren. Tre gestalter där, trodde han, alla stod nära varandra, en lång, en medellång, en kort.

"Du kanske tror att din farbror kommer tveka att skada sin mamma."

Det där var en annan röst. *Sheriff McCarthy*, tänkte Jason och fokuserade på den längsta gestalten. *Jag hade rätt. Den jäveln är inblandad upp över öronen.*

"Jag kan försäkra dig om att jag inte kommer tveka att kasta henne över den här förbannade balkongen."

Jason skulle blåsa skallen av honom innan han ens fick Rose i närheten av räcket. Han justerade siktet en aning. Låste in på jävelns huvud.

"Men Philip vill helst att jag låter bli. Så jag skaffade en annan sorts gisslan. Jag har ett par bultsaxar här, Jason. För varje minut som går tills du visar dig vid ytterdörren, klipper jag av ett av söta Carlas fingrar."

Chocken frös Jason på plats i en lång, fasansfull sekund. Sedan skiftade de tre gestalterna, den längsta flyttade sig lite bakåt, och där fanns ytterligare en kort, rakt framför honom.

"Minut ett börjar nu, Jason. Ta med dina vapen. Du lämnade kvittona i Carlas bil, så jag vet exakt vad du köpte. Lämnar du ett, kostar det henne ett finger."

Han började springa. Han visste inte hur många män som fanns i huset. Även om han sköt McCarthy och sin farbror kunde det finnas fler. Det måste finnas fler, med tanke på det stora antalet försvinnanden. Han trodde inte att McCarthy var den enda smutsiga snuten på sheriffkontoret, bland annat.

Han var nästan framme vid ytterdörren när han insåg att han hade ett vapen McCarthy inte kände till; Roses lilla Walther. Ingen tid för något komplicerat, men han lät geväret hänga i remmen runt halsen medan han snabbt knäppte loss hölstret från bältet och tryckte in pistolen, hölster och allt, i en blomkruka bredvid ytterdörren och strödde en näve jord över den samtidigt som han knackade knogarna på den andra handen mot dörren.

Kapitel sjutton

"Sjutton sekunder kvar", sa hans farbrors röst från någonstans ovanför honom; ett annat fönster, antog Jason.

"Jag är här. Släpp kvinnorna, Philip. Du har fått vad du ville."

"Åh, vi har lång väg kvar innan det är sant. Lägg vapnen på marken, Jason. Kom ihåg, vi vet vad du har. Rakt där ute på uppfarten, så att jag ser dem. Och sen tar du av dig kläderna och stövlarna och lägger ner dem också. Jag är säker på att du har en kniv eller två som du tog med dig hem från Colombia eller var fan du nu har varit; låt mig se dem också."

"Du är riktigt rädd för mig, va, farbror?" sa Jason hånfullt. "Jag har väntat jävligt länge på det här, ska du veta. På att du ska visa ditt rätta jag för världen."

"Världen tittar inte, lillvän. Låt oss se de där knivarna."

"Bara de två." Han höll upp dem, vred dem så att de fångade verandabelysningen, och kastade dem sedan ut på gruset. "Fast jag har aldrig behövt mer än en för att döda en man. Vad föredrar du, farbror? Dina favoriter brukar ju inte vara män, eller hur? Mest ungar eller äldre. Vem var din favorit? De där två college-tjejerna?"

Han slet av sig jackan och skjortan och slängde dem på marken. Han böjde sig för att knyta upp stövlarna och kliva ur dem. Medan han lossade bältet drog han ner byxorna, helt obrydd om att klä av sig i den kyliga höstmörkret.

Han hade trots allt varit med om betydligt värre under sin Ranger-utbildning.

"Låt kalsongerna vara; ingen vill se ditt paket", sa Philip, samtidigt som ytterdörren klickade upp. Den öppnades inte mycket; precis tillräckligt för att någon skulle kunna kasta ut ett par buntband genom glipan.

Jason väntade inte på order, utan plockade bara upp banden och spände åt dem, drog åt det på vänster handled först, och säkrade sedan det på höger med tänderna, händerna framför sig.

Om han hade väntat kunde Philip ha beordrat den vid dörren att komma ut och fästa Jasons händer bakom ryggen, och det skulle inte vara praktiskt. Vissa Rangers Jason kände kunde få in benen genom armen när händerna var fästa bakom ryggen; Jason visste att han inte var en av dem.

"Okej", sa Philip när Jason lyfte händerna. "Gå till ytterdörren och sätt händerna ovanför huvudet mot dörren."

Rätt dumt om någon tänkte öppna dörren, tänkte Jason, men uppenbarligen var det inte det som var på gång. Däck knastrade mot gruset och strålkastare lyste upp honom när en bil svängde in på uppfarten.

Honom känner jag igen. Jag minns honom från sheriffens kontor, den första dagen. Jason smalnade ögonen.

”Deputy Allen, eller hur?” sa han torrt. ”Vilken trevlig överraskning.”

”Håll käften.” Allens knytnäve borrade sig in i Jasons korta revben. Han rörde knappt en min. Deputyn var mjuk; inte före detta militär, det var han rätt säker på. Den där smällen gjorde nog mer ont i Allens knoge än i Jason.

”Ta in honom”, beordrade Philip. ”Dags för ett litet möte ansikte mot ansikte med min brorson, innan de andra kommer.”

Andra? Jasons öron spetsades.

Allen puffade in Jason och uppför trappan till ett stort rum inrett med fler bockhorn än någon vettig människa skulle vilja se under en livstid. Tiger- och björnfällarna på golvet sa allt han behövde veta om Philip; hans farbror tyckte att han var en storjägare. Ett topprovdjur.

Och plötsligt förstod Jason exakt vad som hade hänt med alla människor som försvunnit från Woodvale och Redstone Creek och vem vet var, de senaste åren.

”Sjuk liten valp, eller hur?” sa han samtalstonat, medan blicken tog in allt viktigt i rummet. Rose och Carla satt hopkrupna i en soffa. Carlas händer var bundna bakom ryggen och hon hade en munkavle i munnen. Håret var rufsigt och ögonen sprutade mordisk eld mot Sheriff Mc-Carthy, som satt nonchalant bredvid henne på soffans armstöd med vapnet slappt i handen. Bultsaxar vilade på ett bord vid hans armbåge, och Jason bet ihop vid åsynen.

Rose var obunden; hon bar ingen huvudscarf, de sista ynkligt tunna testar av hår glänste mjukt i ljuset. Tårar rann i en långsam, stadig ström nedför var kind, och Jasons hjärta gick i bitar vid synen.

Philip satt i en läderfåtölj, med ett glas i handen, bärnstensfärgad vätska som skimrade i det. Han log självbelåtet och gestikulerade stort med glaset.

"Slå dig ner, brorson."

Jason ignorerade honom, gick rakt fram till soffan och böjde sig ner för att se Rose i ögonen, medan han struntade i Philips ilskna fräs och sheriffen som hoppade upp på fötter.

"Är du okej, moster Rose?" frågade han.

"Jag kunde aldrig drömma om att han var så här fruktansvärd", viskade hon, rösten tunn och svag. "Om jag haft en aning... då hade jag strypt honom i vaggan!"

Det var hans älskade moster, fortfarande vass och stridbar trots allt. Han kysste hennes panna. "Jag ska få ut dig härifrån", lovade han mjukt, och såg tilliten i hennes ögon. Mer tillit än han själv hade just nu, det var säkert, men han var tvungen att projicera säkerhet för hennes skull.

"Sätt dig för fan." McCarthy spände hanen ljudligt.

"Åh, håll truten. Du kommer inte att skjuta mig här inne. Det skulle skita ner Philips fina troférum, och du är så uppenbart hans lilla bitch att han skulle få dig att städa upp det med din egen jävla tandborste." Jason gav sheriffen en föraktfull blick, samtidigt som han tog ett steg åt sidan och sträckte sig efter Carlas munkavle. Hon spottade ut den.

"Förlåt, Jason, han väntade i mitt hus. Taserade mig." Hon sköt en kolsvart blick mot sheriffen.

"Jag ska klippa av hans kuk med de där bultsaxarna för det", lovade Jason, och belönades med att Carla skrattade, ögonen glittrande. Hon visste också att de satt rejält i skiten, såg han. De visste för mycket. De hade förts hit för att dö. Bara Rose kunde möjligen skonas, åtminstone ett tag, beroende på hur mycket känslor Philip hade kvar för sin mor.

Fler bildäck knastrade mot gruset utanför. McCarthy nickade åt Deputy Allen, som lämnade rummet tyst, förmodligen för att plocka upp Jasons kläder och vapen från gruset och välkomna de nyanlända.

”Så.” Philip tog en klunk av sin drink.

”Du är en usel värd, Philip. Kan inte ens bjuda din hantlangare på en fylla.” Jason pikade McCarthy igen och såg sheriffens ansikte rodna. Philip ägde McCarthy, men mannen gillade det inte, det var uppenbart.

”Håll käften, Jason.” Philip lutade sig tillbaka i stolen, helt avslappnad, och tog en klunk till. ”Nu kan vi undvika en hel del obehag om du bara gör en enkel sak.”

”Och det är?”

”Erkänn dig skyldig till Julia Bulridges mord, så klart.”

Han skrattade, oförstående. ”Tror du på allvar att det skulle få allt det här att försvinna? Låta dig fortsätta dina vidriga lekar utan granskning? Dröm vidare. För många vet.”

”Pratar du om din journalistvän?” Philip skakade på huvudet och antog ett sorgset uttryck. ”Så synd om honom. Fylleri i trafiken är en farsot. Åkte av en bro på väg hem från jobbet. De har inte hittat bilen än.”

Stackars Barry. Jason lät inte ilskan märkas, dock. Han bara vickade på huvudet. ”Det enda han gjorde var att lägga till några fler offer på vår lista. FBI har allt nu.”

Philips leende försvann.

”Han bluffar”, sa McCarthy. ”Jag sa ju det. Jag har en polare på det lokala fältkontoret. Han skulle varna mig om något hade kommit in. Vad som helst.”

”Tur att min polare är på ett helt annat fältkontor, eller hur?” sköt Carla in, med falskt ljus röst. ”Och att vi varnade dem för att delstatspolitik kunde vara inblandad och att det lokala kontoret kan ha satts under press att se åt ett annat håll?”

”Håll käften, kärring!” McCarthys ansikte förvreds, och han svingade armen bakåt, som om han tänkte ge Carla en örfil med baksidan av handen.

Jason tog ett snabbt steg fram. ”Rör du henne med ett finger så tvingar jag dig att äta upp din kuk efter att jag har skurit av den!”

Carla kunde inte tro det hon såg. Jason stod bokstavligen där i bara kalsongerna, med händerna fästa framför sig, och ändå, så stor var den rena hotfullhet han utstrålade med sitt hot, att McCarthy tvekade.

”Nu räcker det!” sa Philip, och det var uppenbart vem som höll i taktpinnen, för McCarthy vände sig vördnadsfullt mot honom. ”Om du inte tänker ta vårt mycket rimliga erbjudande, Jason, så är jag rädd att du får underhålla oss på ett annat sätt. Att du plockade upp Mrs Bulridge på vägen härom natten avbröt vår jakt, och jag har några besvikna klienter på grund av det. Jag lovade dem en bra jakt i kväll som kompensation.”

Hans leende var inget mindre än grymt när han såg sin brorson i ögonen. ”Så, det är upp till dig, Jason. Vem ska vara den jagade?”

Han tvingar honom att välja, insåg Carla illamående.

”Släpp Carla och Rose”, sa Jason jämnt, ”så ger jag er jakten ni bara vågat drömma om.”

”Det är inte avtalet, pojke.” Philip smuttade på sin drink igen och flinade. ”Det handlar bara om vem som dör fort och vem som dör långsamt.”

”I så fall”, sa Rose och överraskade dem alla, ”blir jag den jagade. Eftersom jag redan dör långsamt.”

Philip ryckte till, innan han satte ner glaset. ”Nej. M amma... nej.” Han dolde sin lilla känslosvacka snabbt, dock. ”Jag är rädd att du inte kommer att erbjuda mycket utmaning för hundarna eller underhållning för jägarna. Även om Julia Bulridge överraskade oss, det måste jag säga.”

De har jagat människor. *Med hundar.*

Allt blev plötsligt, förfärligt tydligt för Carla. Hon svalde ner kväljningarna.

”Var inte dum”, sa Jason, och talade långsamt, som till ett litet barn som har svårt att fatta. ”Om du bara ska döda oss alla har jag ingen anledning. Erbjud mig en väg ut, hur osannolik den än är. Säg att om jag överlever till gryningen, så släpper ni kvinnorna.”

McCarthy skrattade. ”Du har inte en aning, va? Länge någon har hållit ut är tre timmar. Och det var efter att vi började ge dem en halvtimmes försprång, för att ge hundarna en utmaning.”

”Då kostar det er inget att ge mig löftet. Fan, vem kan lita på ett löfte från en sån avskum som du ändå? Säg bara att om ni inte har dödat mig innan gryningen, så får de också leva.”

”Bra.” Philip ryckte på axlarna. ”Och om du inte ger oss en tillräckligt bra jakt, skickar jag ut Carla som ett sekundärt pris.”

”Klart.” Jason nickade, till synes nöjd.

Han fick just Philip att hålla oss vid liv åtminstone en liten stund, tänkte Carla. *Han har en plan.*

Hon hade bara ingen aning om vad det kunde vara.

”Jag tror inte vi ger dig en halvtimmes försprång, dock”, sa Philip. ”Femton minuter räcker gott.”

Jason nickade som om han vore helt opåverkad. Han såg på Carla, sa lågt ”Håll ut. Jag kommer tillbaka efter er båda.”

McCarthy skrattade och reste sig. ”Du är en arrogant liten skit. Ser fram emot att låta mina hundar tugga ur dig det där.”

”Ta ner honom”, beordrade Philip. ”Jag låser in de här två och ansluter sen. Gör honom klar.”

”Han ser sannerligen klar ut för mig.” McCarthy lät blicken svepa nedlåtande över Jason, som fortfarande verkade helt oberörd av att vara nästan naken och barfota. ”Nu går vi.” Han sträckte ut en hand för att lägga den på Jasons axel, men ändrade tydligen sig när Jason vred på huvudet och gav honom en skållande blick. McCarthy förvandlade handrörelsen till en pekning i stället, och gestikulerade mot dörren. ”Däråt.”

De var båda rädda för Jason, även nästan naken och obeväpnad. Hans självsäkerhet hade skakat dem, och trots att situationen var fullkomligt hopplös, fann Carla på något vis styrka i det.

Hon var tvungen att tro att Jason verkligen hade en plan.

Annars skulle hon börja gråta och inte kunna sluta.

Med händerna bundna bakom ryggen och med Rose att oroa sig för, fanns det inget Carla kunde göra annat än att lyda när Philip sa åt dem att lämna rummet och gå nerför trappan. Hon hann få en snabb glimt av Jason, stående i ett starkt upplyst rum i centrum av en liten grupp män utrustade med jaktutrustning, innan Philip puffade in dem i ett kök, öppnade en dörr och dirigerade dem nerför ännu en trappa.

Det var en vinkällare, såg Carla när lampan tändes. En rätt påkostad sådan, med temperaturkontrollerade skåp längs ena väggen och en rustik träbänk mitt i rummet, sex stolar runt den.

"Ni kommer att vara säkra här nere tills det är dags", sa Philip. "Jag har inget emot om ni vill dela en flaska vin. Njut av er sista kväll." Han tittade på Rose, verkade vara på väg att säga något mer, men hon vände honom ryggen, och han gick uppför trappan utan ett ord till. Dörren där uppe slog igen med ett tungt dån, och Carla hörde det metalliska knäppet av en nyckel som vrids om.

I ungefär trettio sekunder stod hon och Rose tysta och stirrade på varandra, och sen exploderade Rose i handling. "Vi måste få av dig de där banden." Hon stack in handen under bänken, drog ut en låda och rotade igenom den. "Tack och lov att den lilla skiten inte släckte lyset. Det måste finnas något vasst här..." hon öppnade en annan låda. "Vad är det för vinkällare som inte har en jävla korkskruv?"

Carla var nära att skratta åt den oväntade svordomen från den gamla damen. "Krossa ett glas." Hon nickade mot ett vitrinskåp mot väggen, fullt av glittrande kristallglas. "Eller en vinflaska, vad som helst. Bara skär dig inte."

Rose ryckte upp skåpdörren, valde ett glas och bar det bort till vasken i hörnet. Hon knackade det mot metallkanten och grymtade när det krossades. "Bitarna är för små. Vi tar ett till."

Hon verkade nöjd med en skärva hon fick fram på andra försöket och vinkade till sig Carla.

"Linda in kanterna i en av de här servetterna." Carla nickade mot högen med servetter i en av lådorna. "På allvar, Rose, vi behöver inte lägga till dina blödande fingrar till våra problem just nu."

"Du får hoppas att jag inte råkar skära av dina handleder i stället, unga dam." Roses röst darrade.

"Det är jag helt säker på att du inte gör." Carla kämpade för att utstråla samma lugna, orubbliga självförtroende som Jason hade där uppe.

"Hm." Med kanterna på skärvan säkert inlindade, ställde sig Rose bakom henne. "Stöd händerna mot bänkens hörn, va?"

Det tog förvånansvärt lite tid innan buntbanden gick av, åtminstone på ena handleden, och Carla brydde sig inte om den andra. Hon tog glasskärvan från Rose när Rose tänkte ge sig på den också. "Det spelar ingen roll. Jag skär av den när vi är ute härifrån. Låt mig kolla runt."

Hon for uppför trappstegen på lätta fötter och lade örat mot dörren. De hade hört stövlar stampa omkring, men ljudet hade tystnat för ett par minuter sedan, medan Rose jobbade med bandet.

"Har det gått femton minuter?" Roses röst sprack.

"Nej, men jag tvivlar på att de skulle ge honom femton", sa Carla ärligt. "De är rädda för vad han kan göra. De säger femton och ger honom tio. Eller fem."

"Lögnaktig, fuskande lilla jävel." Rose sjönk tungt ner på en av stolarna vid bordet, begravde ansiktet i händerna. "Jag visste inte. Jag svär, Carla, jag hade ingen aning..."

"Jag vet." Hon kom nerför trappan igen. Dörren skulle inte öppnas utan en nyckel, en nyckel hon inte hade, och det var den enda vägen ut. Det enda hon kunde göra nu var att trösta och ta hand om Rose så gott hon kunde.

Fast.

Hon sneglade på skåpen.

Hon kunde ta ett par flaskor och ha dem redo. Om den som kom nerför trappan inte var helt på sin vakt, kanske hon kunde klippa till honom i skallen med en.

"Vad är dyrt?" Rose lyfte huvudet när Carla öppnade ett vinskåp. "Något fint, men med skruvkork..."

"Är inte det en självmotsägelse?"

"Ärligt talat, det var så länge sen jag drack ett glas vin att jag inte skulle kunna skilja det bra från skit ändå. Ett glas rött, om jag får be."

Philip hade dyr smak på vin, insåg Carla när hon tittade på några etiketter. Med en axelryckning valde hon en flaska med skruvkork, knäppte upp den och hällde upp ett glas åt Rose. "Du kanske vill låta det lufta en minut... eller inte", sa hon, när Rose lyfte glaset och tömde halva.

"Fyll på", sa Rose och ställde ner glaset. Hon log snett åt Carlas chockade min. "Jag har just fått veta att min ende son är en sociopatisk seriemördare, Carla, som tydligen leder någon hemsk sorts människojakt-kult. Det här är med största sannolikhet min sista natt på jorden. Förlåt mig om jag vill dricka mig medvetslös."

"Jason kommer tillbaka efter oss", sa Carla trotsigt. "Du kommer att behöva kunna gå härifrån för egen maskin."

Rose bara såg på henne, lyfte glaset till läpparna och tog en ny klunk. "Nåväl", sa hon efter att ha satt ner det igen. "Om han gör det... om vi får gå uppför de där trappstege n... kan du kanske använda det här."

Carla tappade hakan åt mobiltelefonen som Rose drog fram ur ärmen och lade på bordet. "Var i hela fridens namn kom den ifrån?" flämtade hon.

"Pillade Philips ficka. Arroganta idiot." Rose skakade på huvudet och sträckte sig efter vinflaskan. "Det är knappt någon signal i den här delen av stan ändå, och ingen här nere i källaren. I bästa fall kan du få iväg ett nödsamtal... och om du tror att det inte sitter någon av McCarthys egna i larmcentralen i kväll, så har jag en bro i Brooklyn att sälja dig."

"Rose!" Carla grep telefonen. "Det kanske inte finns täckning, men Philip har säkert wifi!" *Snälla låt den inte vara låst med ansikte eller fingeravtryck...* hon slog på telefonen med skakande fingrar. Det var en äldre Android; tydligen var Philip inte särskilt tekniskt lagd. Ett rutnät med punkter dök upp på skärmen. Hon var tvungen att återge ett mönster över dem. Hon höll upp telefonen mot ljuset, vinklade den, kisade. Där. En flottig form på skärmen... ett kantigt P.

Hon bad innerligt och drog fingret över linjen. Och, otroligt nog, låste telefonen upp sig och visade en skärm full av bekanta ikoner. Och en wifi-ikon högst upp med fyra klara, böjda linjer.

Hon kanske inte hade mycket tid. Om Philip insåg att telefonen var borta, om han ens anade att Rose hade fingrat till sig den, skulle han vara tillbaka här nere på en sekund. Även om han bara slog av wifin, var de körda. Hon tänkte febrilt, samtidigt som hon öppnade sin vanliga videokonferensapp, loggade ut ur Philips konto och in på sitt eget.

”Snälla, snälla svara”, mumlade hon, medan hon scrollade bland kontakterna. ”Snälla jobba sent, Marcus. Snälla.”

”Du har tur att jag jobbar sent”, sa biträdande distriktsåklagare Marcus Devereaux. ”Suze har tagit ungarna till sin syster på filmkväll...” han tittade upp på skärmen till slut, såg uppenbarligen Carlas tilltufsade tillstånd, och blinkade. ”Vad i helvete...”

”Jag har kanske inte mycket tid, så lyssna, är du snäll”, sa Carla snabbt. ”Marcus, Rose Hunter och jag sitter inlåsta i en vinkällare i källaren på Philip Hunters hus. Jag blev bortförd från mitt hem av Sheriff McCarthy, som tasrade mig och tog mig hit... så knappast ett lagligt gripande hur man än vänder på det. Inte nog med det, de driver någon sorts sjuk människojaktsring, och de har tvingat ut Jason Hunter i skogen... de jagar honom. Med hundar.”

”Herregud”, sa Marcus, men hon såg på hans uttryck att han trodde på vartenda ord.

”Vi vet inte hur många från det lokala sheriffkontoret som är med på det, men Redstone Creek är också komprometterat. Journalisten Barry Hillsum träffade oss tidigare; han har anteckningar om nästan femtio personer som försvunnit mellan de två städerna. Eller hade. Philip sa att de har försvunnit honom också. Bilen åkte ner i en bäck på väg hem från jobbet.”

”FBI?” sa Marcus.

”Måste det inte vara det?”

”Stanna kvar i samtalet, Carla. Jag spelar in nu. Jag ska börja ringa samtal, men fortsätt prata. Låt oss få in så mycket som möjligt på band.”

Carla visste vad han inte sa. Ifall FBI inte hann fram i tid. Även med helikopter skulle det ta minst fyrtio minuter, och det var efter att Marcus fått dem i rörelse.

Det här kunde vara hennes dödsbäddsutsaga, och Roses också. Så hon samlade sig och började tala, lade fram allt hon visste eller anade. Fick in allt i protokollet... ifall hon inte levde för att kunna ställa sig i rätten och vittna.

Samtidigt undrade hon hela tiden om Jason fortfarande var vid liv.

Kapitel arton

"Så här ska det gå till", drawlade McCarthy. Han stod i mitten av en lös halvcirkel av män. "Du har tio minuter på dig att springa som en livrädd jävla kanin. Under tiden ger jag hundarna de där kläderna, så de får en rejäl laddning av din doft."

"Jag är rätt säker på att Philip sa femton minuter." Jason såg honom stint i ögonen.

"Bra. Femton." McCarthy flinade, och Jason visste att han skulle ha tur om han fick fulla tio. Han lyfte armen och sneglade på klockan. "Du har redan bränt trettio sekunder. Bäst att börja springa."

Jason väntade inte. Hur tillfredsställande det än hade varit att slå McCarthy på käften innan han stack, stod sju män i den där halvcirkeln, inklusive hans farbror, och såg på honom, allihop med jaktgevär i händerna. Han snodde runt på klacken och sprang för allt vad tygen höll mot trädlinjen.

Utan kängor skulle fötterna inte hålla särskilt länge på den här ojämna marken.

Som tur var behövde de inte det.

Han sprang så rakt han kunde räkna ut, så fort han kunde, i fyra minuter, och vek undan runt träd han knappt kunde se i det dåliga ljuset. Det skulle inte direkt bli en engelsk mil på fyra minuter, men tack vare det täta trädtaket skulle han vara långt utom räckhåll, även för deras mörkersikten, när han gjorde en skarp vänstersväng och sprang mot Greens Road, och tog tillbaka sina steg från vad som inte ens kunde vara en timme sedan men kändes som dagar.

Han sprang hårt tillbaka längs vägen, och kunde se var han satte fötterna i de ljusfläckar som kom från husen på andra sidan, när han hörde hundarnas första djupa skall.

Han räknade med att förarna – McCarthy och vem mer som nu jobbade direkt med hundarna – inte skulle släppa dem lösa. Det betydde att hundarna bara kunde gå lika fort som människorna med dem kunde springa. Inte lika fort som Jason Hunter, som varit den snabbaste löparen i sitt Rangerförband och inte hade låtit sin löpträning släpa det minsta sedan han gick i pension till sitt halvcivila liv där han tränade antinarkotiska paramilitära styrkor i Guàlize, satsade han.

Och det betydde att när hundarna väl hittade stället där han gjort sin skarpa vänstersväng, sprang Jason uppför infarten till sin farbrors hus, svettig och andfådd, fötterna brinnande av smärta... men med vetskapen att han hade minst fem minuter till godo, och det var om någon vände på klacken och kom rakt tillbaka.

Han hoppades att ingen hade stannat kvar för att vakta Carla och Rose. Han hade hört Philip säga att han tänkte låsa in dem, hade till och med i ögonvrån sett Philip öppna en dörr under trappan och knuffa in de två kvinnorna.

Jason stannade till ett ögonblick vid ytterdörren för att ta Roses pistol ur krukan, innan han spurtade runt till husets baksida. Ytterdörren var för tung för att sparka in, liksom köksdörren han hade sett, och han ville inte gärna föra oväsen genom att slå in ett fönster.

Det tog honom bara sekunder att klättra uppför husets sida till balkongen på baksidan och, otroligt nog, även om pardörrarna var stängda, var de inte låsta. Med ett oförstående skak på huvudet gled Jason in och sprang mot trappan.

Han var frestad, så frestad, att ta en minut för att leta efter sina vapen. Eller några andra vapen. Han stannade fem sekunder i köket för att rycka loss en kniv ur stället och skära av sina plastbojor; hittills hade det gått bra med händerna ihop, men han föredrog ändå att ha dem fria. Han behöll kniven. Det var en dyr japansk sak, fint balanserad. Kunde komma väl till pass.

Nyckeln satt i låset till dörren under trappan. Han öppnade den tyst och lyssnade. Huset hade varit fullständigt stilla och tyst hittills, men nu hörde han en kvinnas röst, som trängde svagt uppför trappan.

”Carla?” ropade han lågt.

Det blev en kort paus. ”Jason?”

Hon lät oförstående. Han log tyst för sig själv. ”Kan du komma upp hit? Jag vill inte bli inlåst där nere med er om de kommer tillbaka.”

”Hur i... nej, spara det. Jag är i samtal med FBI. Du kan förklara för dem.”

”I samtal med FBI?” Han kunde inte tro det. Hur hade hon fixat det?

Rose kom uppför trappan först, hängde i ledstången, och såg klenare ut än någonsin. Carla var strax bakom, med en telefon i handen.

"Du har fortfarande min pistol", sa Rose när hon kom fram till honom, och ett svagt leende veckade hennes ansikte.

"Det var den enda de inte visste att jag hade. Gömde den och plockade upp den när jag kom tillbaka. Skynda. Vi har kanske inte mycket tid."

Rose ville ändå ha en kram. Jason log trots sin oro och höll armarna brett isär så att varken kniven eller pistolen var i närheten av henne. "Jag är svettig, moster Rose. Har sprungit."

"Du är det vackraste jag någonsin sett." Kramen var hård, trots hennes svaghet. "Kan vi åka nu?"

"Dålig idé, är jag rädd. Jag förmodar att förstärkning är på väg?" sa Jason och höjde ögonbrynen åt kvinnorna som tittade på honom ur den lilla skärmen i Carlas hand.

"Helikoptrarna lyfter i detta nu", sa kvinnan. "Vi har skickat HRT. Räkna med cirka fyrtio minuter."

"Vi har max fem minuter, troligen mindre, innan de fattar att jag är tillbaka här. Även om vi har tur och nycklarna sitter kvar i någon av bilarna på gårdsplanen, tvivlar jag på att vi kan köra ifrån allihop. Jag kanske inte kan alla deras namn, men jag har sett alla deras ansikten, så de måste döda mig. Min farbror och McCarthy är körda, men några av de andra kan kanske gå tillbaka undercover... så länge jag inte finns kvar."

"Så vi ska, vadå, vänta på att de kommer till oss?" sa Carla och svalde.

"De kommer inte att komma in feta och dumma. McCarthy vet vad jag kan. Ingen av dem bar två gevär, vilket betyder att det jag tog med mig finns här någonstans. Vi måste hitta det.”

”Jag tror inte att de tog upp dem på övervåningen.” Carla fattade snabbt och började se sig omkring.

De delade upp sig och skyndade genom husets bottenvåning. Det var Rose som hittade vapnen, i Philips arbetsrum, liggande på hans skrivbord. ”Här inne!” ropade hon, och när de kom fram satt hon i Philips skrivbordsstol med pumphagelgeväret över knäna. ”Det här duger fint för mig, älsklingar.”

”Jag tänkte föreslå att vi låser in dig i källaren, gömmer nyckeln och berättar för Agent Carruthers var hennes folk kan hitta den”, sa Jason torrt. FBI-agenten som fortfarande var med på videosamtalet höll handen över munnen, uppenbart för att kväva ett skratt, medveten om att det var fel läge att skratta när de tre var i allvarlig fara.

”Skiter i det”, sa Rose uttrycksfullt. ”Är det där en konjakkaraff? Ge hit den. Om jag ska gå i kväll, så går jag med stil, och förhoppningsvis tar jag min förbannade son med mig. Hörde du det, agent?” ropade hon mot telefonen i Carlas hand. ”Om någon av de där jävlarna dör i kväll, så var det jag som gjorde det.”

”Jag gör en notering om det, Mrs Hunter”, sa agenten gravallvarligt.

Jason räckte Carla pistolen utan ett ord. Hon tvekade, men tog den sedan ur hans hand. Hennes fingrar darrade, hon var uppenbart skräckslagen, men han såg också att hon var vansinnigt arg.

Hans skjorta och byxor var borta – säkert givna till hundarna som McCarthy sagt, antog han – men stridsvästen och kängorna låg i en stökig hög på golvet. Han slet på sig västen och skakade på huvudet när han hittade sina extramagasin kvar i fickorna. Hans stridskniv låg till och med i en av kängorna.

Carla öppnade skrivbordslådor medan han drog på sig kängorna och knöt en snabb knut utan att bry sig om att snöra dem ordentligt. Hon gav ifrån sig ett triumferande ljud och höll upp ännu en pistol, en .45:a om han såg rätt. För stor för hennes lilla hand; hon räckte den till Jason, som kollade den snabbt och fann ett fullmatat magasin och en i loppet. Han nickade åt Carla och stack den i en västficka.

Långt borta hörde han en hund ge skall.

"Nu kommer de."

De hade släckt innomhusbelysningen medan de rört sig genom huset, och Rose visade Jason vilka strömbrytare som styrde utebelysningen. Utomhus lyste det som en julgran, men inne var det mörkt och tyst. Jason släckte lampan i arbetsrummet nu och gestikulerade åt Carla och Rose att lägga sig lågt på golvet, under fönsterkarmen.

"Var försiktig med ljuset från telefonen", sa han lågt. "Byt kamera till den bakre, och håll skärmen mot kroppen så att ljuset inte syns."

"Säg till dem att FBI är på väg, löjtnant Hunter", sa Carruthers. "En del kan backa och försöka dra. Vi tar dem förstås, men då har ni några färre att hantera."

"Visst", sa Jason torrt.

Alla visste att jägarna, vilka de än var, behövde eliminera vittnen. Inga vittnen, inga bevis, skulle göra även videobevisen som FBI nu hade – vilket Philip och hans hantlangare inte kände till – potentiellt sårbara. Särskilt om Philip Hunter hade vänner tillräckligt högt upp.

Besvärligt levande vittnen var inte alls lika lätta att låta försvinna.

”Hundarna kommer nära.” Carla drog in ett hackigt andetag och såg på Jason. Han hade pressat dem att ligga under fönsterhöjd. Rose hade krupit in under Philips skrivbord med konjakkaraffen och hagelgeväret; därifrån hade hon fri sikt mot dörren till arbetsrummet, och Jason verkade helt nöjd med att lämna henne fri skottlinje där. Han och Carla hukade under fönstren och tittade ut turvis över fönsterkarmen.

Med utsidan översköljd av ljus hade de perfekt sikt, och de återvändande jägarna kunde inte utnyttja fördelen som deras mörkerkikare gav dem.

Åtminstone tills någon kom på att skjuta sönder strålkastarna, tänkte Carla dystert.

”Rörelse”, sa Jason lågt. Arbetsrummet låg i ett hörn av huset, och han hade placerat sig vid fönstret mot uppfarten, med antagandet att om förarna följt hans doftspår hela vägen, så var det där de skulle dyka upp.

”Hundarna?”

”Japp.” Jason hade geväret mot axeln och såg genom siktet. ”Två stycken. Stora bestar; rottweilers, tror jag, eller dobermanns, eller någon blandning. De drar i selarna. Jag tror att det är McCarthy som har en av dem och Allen den andra. De håller hundarna tillbaka från att gå in i det upplysta området.”

Carla kunde föreställa sig vad McCarthy tänkte. De hade inte lämnat ljuset på när de lämnade huset, vilket betydde att Jason hade tagit sig in, och sen då? Hade han tagit ett fordon och dragit? Han var tvungen att stämma av med alla som lämnat sina bilar framför huset för att se om någon saknades.

"Skjut hundarna", sa Carruthers från telefonen i Carlas hand, så att alla hoppade till.

"Ursäkta?" Även i mörkret såg Jason chockad ut.

"De är tränade till att jaga människor och, mycket möjligt, att döda människor. Det finns absolut inget annat vi kommer att göra med de hundarna än att låta dem avlivas omedelbart. Skjut dem nu. Innan McCarthy släpper in dem i huset till er och ni har ett problem."

Jason tänkte uppenbart på det, tittade genom siktet och sedan tillbaka på Carla. Hon såg hur hans käke spändes, och sen gav han henne ett halvt leende.

Ett ögonblick senare dundrade geväret, chockerande högt i det slutna utrymmet. Jason hade öppnat burspråks-fönstret precis tillräckligt för att kunna skjuta genom det, så inget glas krossades.

"Synd", sa Jason med samtalston. "Jag missade. Jag träf-fade en av förarna, inte hunden."

Carla höll handen för munnen för att inte skratta. Hon var helt säker på att Jason i själva verket träffat precis det han siktade på.

"Ser ut som att jag tog honom i benet. Nu trängs flera runt honom och drar bort honom. Tyvärr, Agent Car-ruthers, jag har inga fria skott på hundarna just nu."

Om han hade erkänt att han medvetet skjutit en av jä-garna innan de hade öppnat eld, kunde han vara illa ute, tänkte Carla. Men en "olyckshändelse", när Carruthers själv gett ordern att han skulle skjuta hundarna... det var fullkomligt briljant och tog minst en av motståndarna av banan, troligen fler. Någon måste ta hand om den skadade mannen, och någon annan skulle behöva ta hunden, kanske någon som inte var van att hantera den.

"Tror du att du fick McCarthy?" viskade hon.

"Nej. Han var bakom den andra hunden", sa Jason, och Carla förstod. Allen, eller vem som nu var den andre hundföraren, hade varit det enda möjliga målet.

"Är de inom hörhåll? Säg att vi kommer. Ropa för fan *FBI; lägg ner vapnen!*" sa Carruthers.

"FBI!" ropade Jason plikttroget ut genom det öppna fönstret. "Lägg ner vapnen och kliv fram i ljuset med händerna över huvudet!"

Värt ett försök, tänkte Carla.

"Dra åt helvete!" vrålade någon utifrån. McCarthy, och han lät förbannad. "Det finns inget FBI här!"

"Inte än, men de är på väg!" ropade Jason tillbaka. "HRT, så du vet att de kommer beväpnade till tänderna. Inte Rangers, men jag blir glad nog att se dem ändå!"

Det blev tyst, i ett par minuter. Och sedan hörde Carla något. Ett knarr.

"Jason", väste hon. "Jag tror att det där var en dörr som öppnades."

Han nickade, höll upp en knuten näve i en signal hon kände igen från tillräckligt många filmer; *var tyst och stilla*. Han pekade mot sitt fönster och vinkade till henne. Hon kröp över så tyst hon kunde.

"Jag går och kollar", andades Jason i hennes öra när hon var intill honom. Han satte mörkerkikaren framför hennes fot. "Om ljuset slocknar, använd den." Hans kind snuddade vid hennes, hans läppar strök flyktigt över hennes panna, och så var han på väg, med ett stopp vid skrivbordet.

"Jag ropar innan jag kommer tillbaka, moster Rose. Kommer någon annan genom den där dörren innan FBI är här, så spräng dem till månen."

"Jajamän", lovade Rose och grep hagelgeväret hårt.

Det kom ett nytt knarr, närmare nu. Någon utanför i hallen.

Carla höll andan.

Jason sänkte geväret. Han slängde det bakom ryggen i remmen och drog .45:an som Carla hittat i skrivbordet ur fickan. Med fingret vilande på varbygeln sökte han dörrhandtaget, och i en så mjuk och snabb rörelse att Carla knappt hann uppfatta den ryckte han upp dörren, rullade igenom och var borta.

Det kom ett djupt *boom* från ett gevär. Ett torrt *knall* från .45:an, en gång, två gånger. Hundens upphetsade skall; Jason sa "Åh, fan", och sedan blev det kraschande och dunsar, fler skott, ett plågat skrik och sedan en fruktansvärd, spänd, sjungande tystnad.

"Jason?" Moster Roses röst darrade. "Jason, är du där?"

KAPITEL NITTON

Att lämna Carla och Rose ensamma var det sista Jason ville göra, men att stanna kvar och vänta på att jägarna skulle sparka in dörren och peppra rummet med kulor var inte heller ett alternativ. Han var tvungen att gå ut och hugga huvudet av ormen. Och han behövde göra det snabbt och hoppas att ingen annan tog sig in genom fönstren medan han var borta.

När han rullade ut i hallen höll han sig låg, helt inställd på att skjuta knäskålarna av vem han än hittade. Att döda dem skulle skapa mer problem med FBI än han ville ha, särskilt med tanke på de mäktiga vänner och släktingar som en del av dem uppenbart hade, men han hade inga skrupler inför att skada dem så pass att de var ute ur leken.

Kulan slog in i väggen strax ovanför hans axel. För nära håll, tänkte Jason, när han såg skuggan i dörröppningen i slutet av hallen; han siktade .45:an och avlossade ett enda skott.

Ett skrik av smärta och skuggan raglade bakåt. Någon annan svor, en hund skällde, och någon ropade "Släpp det!"

Klor som skrapade mot trägolvet var den enda varningen han fick innan hunden var över honom, allt var morrande, het andedräkt och snappande käftar. Jason rullade med i smällen, vred sig undan de grymma käkarna innan hunden hann få grepp om honom, tryckte mynningen på .45:an mot dess buk och tryckte av.

"Åh, fan!" sa han äcklad när blod stänkte över hans händer och hunden föll undan med ett plågat gny. Han hade inte velat döda hunden, hade hoppats undvika det, men visste att Agent Carruthers hade rätt; hundar som tränats att jaga och döda människor var för farliga för att ens den mest hängivna djurvän skulle kunna rädda dem.

"Jupiter!" Det var McCarthys röst. "Jupiter, kom!"

Jason bemödade sig inte om att tala om för McCarthy att hunden inte skulle komma. Han reste sig bara tyst på fötter och rörde sig, en långsam, ljudlös fot i taget.

"Jupiter!" ropade McCarthy igen. "Kom hit, din förbannade dumma best!"

Ett steg till, och i ljuset som flödade in från en av utebelysningarna urskilde Jason Deputy Allen, som vred sig på golvet och höll sig om benet. Skjuten i låret. Av mängden blod att döma hade Jason inte träffat artären; Allen skulle överleva, så länge han fick vård. Han hade redan pressat en tygbit mot såret och spänt åt bältet hårt runt det, så Jason hade inga betänkligheter mot att slå honom hårt i huvudet med pistolkolven när Allen försökte ropa en varning.

En hund gnydde, nära. Precis runt hörnet framför honom, tänkte Jason.

”Minerva”, sa McCarthy lågt, *”jaga.”*

Ett koppel snärtade till. Klor skrapade. Hunden kastade sig runt hörnet, just när hon fick upp farten, och Jason gjorde det snabbt, en dubbelträff rakt in i de gapande käftarna, innan han klev runt hörnet och stod öga mot öga med sheriffen.

McCarthy togs på sängen, överrumplad av att Jason var så nära. Han höll fortfarande hundens koppel i höger hand, sin tjänstepistol i hölstret vid midjan, en halvautomatisk karbin hängde diagonalt över kroppen i en rem men hans hand var inte i närheten av avtryckaren. Att Jason dök upp i hans mörkerseende precis ovanpå honom, med pistolen riktad mot hans ansikte, måste ha varit en chock, men han reagerade snabbt, kastade sig fram och grep Jasons hand, tryckte den åt sidan för att få pipan bort från sig.

Det passade Jason bra. Han ville inte döda McCarthy. Han klev själv närmare och sparkade McCarthy hårt på knäet.

Sheriffen vek sig med ett skrik av smärta, släppte Jasons hand när han instinktivt grep om sitt knä, och Jason följde upp med en armbågssmäll som krossade hans näsa.

McCarthy vred sig av smärta, men hade ändå så pass mycket närvaro att han försökte få tag i sina vapen.

”Var inte ett rövhål.” Jason avväpnade honom med lätthet, kontrollerade halvautomaten och tog den själv. Då han inte litade på att McCarthy skulle låta bli att göra något dumt, luxerade han båda hans tummar med ett par kraftiga vridningar. ”Nu.” Han riktade vapnet mellan McCarthys ögon. ”Jag föredrar att lämna dig vid liv till FBI, men de vet redan att du är en seriemördare, så jag tror inte de gråter blod om jag måste döda dig. Vem mer gick in i huset förutom du, Allen och hundarna?"

McCarthys mun drogs trotsigt åt.

Jason suckade och steg på hans ur led vridna vänstra tumme.

McCarthys skrik ekade mellan väggarna.

"Vem. Mer. Är. Här..."

"Din farbror!" McCarthy flåsade av smärta. "De andra stack, förbannade fegisar. Hoppade in i bilarna och drog hem. Lämnade oss att städa upp."

"Det här går inte att städa upp." Jason hörde moster Rose ropa hans namn. "Håll ut, jag kommer strax", ropade han lugnande tillbaka.

Carla sjönk ihop av lättnad när hon hörde Jason ropa tillbaka till dem, hans röst lugn och stadig. Instinktivt hade hon kastat en blick över axeln mot dörren, men vände sig nu tillbaka mot fönstret och spanade ut.

Alla lampor slocknade samtidigt, och Carla ryckte till och grep efter mörkerkikaren på golvet. Hon lade telefonen på fönsterbrädan för att kunna hålla den andra handen på pistolen, höll kikaren mot ögonen och kikade ut i det nu gröntonade mörkret.

"Carla?" sa Rose skälvande.

"De har stängt av strömmen", sa Carla kort. "Proppskåp i garaget, antagligen. Håll koll på den där dörren, Rose. Du hör deras steg om någon kommer fram till den; det är trägolv, och Jason går inte fram till den utan att säga till."

”Kan du se något där ute?”

”Nej.” De hade alla mörkerseende, tänkte Carla; nu hade de övertaget. Och det hade inte Jason. ”Jason!” väste hon högt. ”Kikare!”

Tystnad. Sedan, chockerande nära, ett klick. Carla for runt, chockad, men en dörr, en dörr som hade varit dold av en bokhylla, öppnades nästan ovanpå henne där hon satt hukad på golvet, och en stark hand grep hennes pistolhand innan hon ens hann lyfta den.

Hon skrek instinktivt, och skrek igen av smärta när pistolen vreds loss och pekfingret bröts inne i avtryckarskyddet. Kikaren dunsade i golvet, och en hand slöt sig om hennes hals, drog upp henne på fötter och bakåt mot en stadig, manlig kropp.

”Skrik igen, lilla bitch”, väste Philip Hunter i hennes öra. ”Låt min brorson förstå att du behöver honom.”

”Släpp henne!” Rose krängde sig ut från under skrivbordet, reste sig långsamt och svängde med hagelgeväret.

”Rose, nej!” flämtade Carla. ”Skjut inte!” Med ett hagelgevär, på det här avståndet, kunde Rose bara fylla dem båda med bly, och Carla stod framför.

”Lägg ner det, mor”, hånlog Philip.

”Det ska jag då rakt inte!” Roses finger var dock utanför avtryckaren, pipan svängde bort. Pekade tillbaka mot dörren. ”Om någon av dina vänner kommer genom den där dörren, Philip, blåser jag dem till helvetet.”

”Uppenbart har du tappat förståndet, kära mor.” Philip lät helt lugn. ”Så synd. Du ska hittas ute i skogen, död av köld, efter att ha vandrat vilse.”

”Vad i helvete?” sa Carla, häpen.

"Jason förlorade förståndet av oro. Stormade hit, bröt sig in, anklagade mig för hemska saker. Jag hade en lugn kväll och spelade kort med vänner. Ms. Ramirez här, hon är en fantastisk pokerspelare... men hon dödades i korselden när vi försökte försvara oss."

"Det är en riktigt fin saga du spinner där", sa Carla syrligt, "och den skulle kanske till och med funka, om din polare sheriff McCarthy var den som utredde allt. Eftersom du just nu är med i ett direkt samtal med Agent Carruthers på FBI, däremot, tror jag inte att det kommer flyga."

Philip stelnade. Hon kände kallt stål mot tinningen när han pressade Roses pistol hårdare mot hennes ansikte. "Du ljuger. McCarthy visiterade dig; du hade ingen telefon på dig när han plockade upp dig!"

"Det är *din* telefon, pucko. Rose snodde den ur din ficka tidigare, och du hade wifi på. Vi har pratat med FBI sedan två minuter efter att du låste källardörren. Hostage Rescue Team är här om några minuter. Telefonen ligger precis där på fönsterbrädan; plocka upp den om du inte tror mig."

Hon kände honom vrida sig halvt bort från henne. Något hårt på hans ben snuddade vid hennes lillfinger, och hon letade febrilt i minnet efter vad det kunde vara. Hur han sett ut när han pratade med dem tidigare. Det hade suttit något spänt vid hans ben. Var det en jaktkniv? Försiktigt drog hon tillbaka fingrarna en tum, försökte ignorera den vansinniga smärtan som bultade i det brutna pekfingret.

Brak och dunsar, avbrutna av enstaka skott, hördes utanför arbetsrummet, men Carla kunde inte tänka på något annat än det som hände här och nu.

”Plocka upp telefonen, Philip”, retades hon. ”Säg hej till Agent Carruthers.”

”Ser fram emot att tala med er personligen, Mr Hunter”, sa Carruthers röst torrt från telefonen, lite plåtigt och dämpat eftersom telefonen låg med skärmen ner mot fönsterbrädan. ”Det dröjer nog inte länge nu. Så jag föreslår att ni släpper Ms. Ramirez, lägger ner vapnen och går ut. Platt på mage med armarna över huvudet är definitivt den bästa ställningen om ni vill ge er utan bråk.”

”Jävla subba!” vrålade Philip, och pistolen lämnade hennes tinning, innan en öronbedövande knall fick henne att blinka och tillfälligt tappa hörseln.

Han hade skjutit telefonen.

Och han måste också ha blivit tillfälligt chockad av ljudet: Carla vred sig som om hon försökte komma loss, rev med vänsterhanden i hans hand på hennes hals, samtidigt som hennes högra hand ryckte i knäppena på läderremmen som höll jaktkniven i slidan, fumligt eftersom pekfingret bara inte fungerade.

”Släpp henne, Philip.”

Det var Jasons röst, precis utanför arbetsrumsdörren. ”Jag kommer in, moster Rose. Oroa dig inte för de andra. Jag tog hand om dem.”

”Ja”, morrade Philip och skakade Carla som en hund skakar en råtta. ”Kom hit.”

Han var upphetsad, insåg Carla, plötsligt illamående; hon kunde känna hans erektion inne i byxorna, som tryckte mot hennes nedre rygg. Det var något väldigt, väldigt fel med Philip Hunter.

Det fanns knappt något ljus. Bara en svag skiftning av en skugga i dörröppningen, inget ljud alls. Pistolpipan flyttade sig bort från Carlas huvud igen, och hon visste med plötslig, absolut klarhet att Philip Hunter tänkte skjuta Jason. Philip visste att han skulle åka dit, och det enda han fortfarande ville var att se till att Jason dog först.

Läderremmen gav med sig och Carla ryckte jaktkniven ur slidan på Philips lår, slöt fingrarna om den, ignorerade den skärande smärtspiken från sitt brutna finger och stack den bakåt så hårt hon kunde in i lårmuskeln.

Philip skrek, pistolen gick av, men hon trodde skottet var vilt, riktat mot taket. Han släppte hennes hals och hon kastade sig bort från honom, släppte kniven, handen hal av blod när hon brakade i golvet. Hennes huvud slog i sockeln på det tunga skrivbordet i trä.

Dovt, som på långt håll, hörde hon Rose skrika, hörde Jason ropa hennes namn.

Och sedan föll mörkret.

Ett ögonblick av illamående trodde Jason att Philip hade träffat Carla med det där enda vilda skottet. Men det kunde han inte ha gjort; Jason hade känt kulan vissla förbi precis ovanför hans huvud. Carla låg nere, men det gjorde Philip också, bakåtfalld och vrålande okvädningsord medan han grep sig om benet.

Jason kastade sig över rummet, tog sig den korta sträckan på ett par snabba steg när Philip försökte höja pistolen med skakande händer. En spark och den for snurrande iväg.

I mörkerkikaren han tagit från McCarthy kunde Jason se kniven som stack ut ur Philips lår. Blodet som pulserade snabbt ur såret när hans farbror sjönk ihop slappt.

Carla hade träffat lårbensartären. Även om Jason försökte, tvivlade han på att han kunde stoppa blödningen, eller ens bromsa den tillräckligt för att Philip skulle ha en chans att överleva tills ambulanspersonalen hann fram.

Ärligt talat brydde han sig inte. Han lämnade mer än gärna Philip att förblöda.

Rose knäade bredvid Carla, kände frenetiskt över henne i mörkret och ropade hennes namn. Jason vred sig om och hukade vid hennes sida, svor när han såg den konstiga vinkeln hon låg i.

"Jag tror hon slog i huvudet i skrivbordet. Rör henne inte, moster Rose!" Han kände på hennes huvud, hennes nacke. Hennes puls slog starkt, andningen var jämn. "Hon lever, men hon kan ha skadat nacken. Vi väntar på hjälp."

"Jason." Roses röst var tunn och skälvande. "Jag... jag är så ledsen. Jag visste inte... visste inte att han var..."

"Hur skulle du kunna det?" sa han mjukt och lade armen om hennes axlar. "Det är över. Jag lovar. Allt är över nu."

Så satt de, hukade på golvet i arbetsrummet över Carlas medvetslösa kropp, medan Rose snyftade mot Jasons axel och Philips blod samlades runt hans långsamt kallnande kropp, tills ljudet av helikopterrotorer ovanför signalerade att FBI var framme.

Kapitel tjugo

Ett jämnt pipande ljud drog långsamt upp Carla ur sömnen. Ett starkt ljus ovanför fick henne att kisa när hon slog upp ögonen, och hon knep dem snabbt igen med ett missnöjt fräs.

"Carla?" sa en röst lågt. Det var något bekant över den, men hon kunde inte genast placera vem det var.

"Ljuset", muttrade hon. "Vem är det?"

"Det är Marcus, Marcus Devereaux. Ett ögonblick."

Hon hörde honom resa sig från stolen bredvid sängen och gå tvärs över rummet. En strömbrytare klickade.

"Prova nu."

Hon öppnade ögonen på glänt, lättad över att bländandet var borta. Hon vände på huvudet för att titta på Marcus och fick svälja ett skrik när en knivskarp smärta högg till.

"Rör dig inte!" Han rusade tillbaka till sängen och lutade sig över henne. "Du har en spricka i skallbenet och en bula stor som en tennisboll."

Halsen var torr. "Jason", kraxade hon. "Rose?"

Marcus ansikte var bistert, och i en fasansfull sekund trodde hon att han skulle säga att Jason inte hade klarat sig. Att Philip Hunter hade fått sista skrattet och dödat brorsonen han hatade så innerligt.

"Rose mår inte bra. Jason är hos henne. Du är på sjukhus, Carla... i Seattle. FBI ville få ut dig ur delstaten medan de samlade ihop alla i jaktligan. De evakuerade dig och Rose hit med flyg."

"Hur länge?" Carlas huvud började dunka. En sjuksköterska kom in; Marcus måste ha tryckt på larmknappen när hon vaknade, registrerade Carla.

"Du har varit här i fyra dagar. De har hållit dig nedsövd på grund av svullnaden i hjärnan. Carla." Marcus lutade sig närmare samtidigt som sköterskan lyste med en penna i Carlas pupiller. "Du gjorde det, Carla. Philip Hunter är död och FBI har tagit hand om resten av dem. De hittade en bengrop på Philips bakgård..."

"Mr Devereaux, du måste gå", sa sköterskan rappt. En läkare kom också skyndande in. Carla hörde hur pipandet ökade i tempo; det måste vara hennes puls som mättes, insåg hon dunkelt. Hon ville fråga om bengropen. Ville fråga om sin mamma, men Marcus lät sig knuffas ut och sköterskan fipplade med något på droppställningen, kyla spreds i hennes blod.

Ögonlocken slöts.

Hon vaknade en obestämd tid senare, smärtan i huvudet lite mindre plågsam när hon försiktigt rörde det. Det var natt, trodde hon; rummet var dämpat och skuggigt. Agent Carruthers satt vid sängen och läste en rapport.

"Agent", kraxade Carla.

"Jag heter Sarah." Carruthers ögon rynkades i ytterkanterna när hon tog en mugg från nattduksbordet och förde ett sugrör till Carlas läppar. "Jag tycker att du har gjort dig förtjänt av att kalla mig det, Carla. Hur känns huvudet?"

"Ömt."

"Förståeligt. Jag kommer inte att ställa några frågor just nu - Jason Hunter och Barry Hillsum har berättat allt de vet - men när du orkar vill vi gärna höra om det finns något mer du kan berätta."

"Barry?" Carlas ögon blev stora.

"Ja, din journalistvän visade sig vara svårare att döda än Philip Hunter och hans polare trodde. Tydligen var han något av en mästersimmare på er skola, har jag förstått? Han lyckades ta sig ur bilen när en timmerlastbil knuffade ner den från en bro och ut i floden, simmade i säkerhet." Carruthers log, uppenbart road. "Han har varit på alla nyhetskanaler, ansiktet utåt för historien, eftersom du och Jason inte är tillgängliga. Sålde flera artiklar till New York Times, tror jag."

Carla kunde knappt ta in det. Barry hade också överlevt. Hon slöt ögonen av lättnad och kände en tår pressa sig ut mellan dem. Alldeles för många hade inte gjort det.

"Benen", viskade hon, oförmögen att möta Carruthers blick. "Mamma?"

"Vi vet inte än. Jason bad oss leta efter henne, och vi tog ett prov av ditt DNA för jämförelse, men det finns många ben, Carla. Vi har ett helt team av rättspatologer på det, men vi har hittat åttiotvå skallar. Det är mycket."

Åttiotvå skallar betyder minst så många offer, tänkte Carla. Gode Gud.

"Tack vare Barry Hillsum har vi många namn och vi jobbar på att få fram DNA från anhöriga så vi kan identifiera dem, men det kommer att ta tid. Jag lovar att vi meddelar dig direkt om vi hittar din mamma."

Åttiotvå. Tårarna rann allt snabbare nerför Carlas kinder. Hon svalde en snyftning.

"Lugn." Agent Carruthers tog hennes hand med ett fast, stadigt grepp. "Det är fruktansvärt, Carla, men det är över. Du stoppade det. Många familjer kommer att få ett avslut nu, och många kommer att vara dig väldigt tacksamma för att du dödade Philip Hunter."

Carla spärrade upp ögonen. "Jag?"

"Åh." Carruthers bet sig i läppen, uppenbart irriterad på sig själv för att hon råkade försäga sig. "Han förblödde efter att du högg honom. Men du ska inte våga känna en sekunds skuld över det; om någon förtjänade att dö var det Philip Hunter! Det var han som drog igång det här, vet du; sheriff McCarthy värvades senare. Ett av offren vi har identifierat försvann två år innan McCarthy kom till Woodvale. Du gick fortfarande på high school när Philip började döda. De kallar hans vidriga gäng av psykopater för The Manhunters. Du stoppade en av de värsta seriemördarna i amerikansk historia, Carla, en som FBI inte hade en susning om att han fanns. Du är en hjältinna."

Letargi smög sig över Carla igen. Hon lyckades vagt mumla "Att vara hjältinna verkar komma med rejäla nackdelar" innan sömnen tog henne igen.

Nästa gång hon vaknade kände hon sig klarare. Det var dagsljus, rummet var ljust, men ljuset gjorde inte längre ont i ögonen och när hon rörde på huvudet på prov var smärtan knappt mer än ett sting. Försiktigt vände hon sig för att titta på stolen vid sängen.

Jason låg utfläkt där, benen utsträckta framför sig och korsade vid anklarna, huvudet lutat bakåt mot väggen. Läpparna var lätt särade och det långsamma, tunga andetaget sa henne att han sov.

Carla låg bara och tittade på honom en stund. Han hade tjock stubb under käken, mörka ringar under ögonen, och kläderna såg inte ut att sitta riktigt som de skulle, som om någon köpt dem utan att känna till hans storlek. Mjukisbyxorna var för långa, T-shirten för tight över axlarna, kortärmarna klämde om de kraftiga bicepsen. Han såg utmattad ut, lite smutsig, och han var den vackraste man Carla någonsin sett.

Han var fortfarande där när hon vaknade nästa gång, lockad till vakenhet av doften av bacon.

"Är det en bacon-och-ägg-macka?" mumlade hon och kisade mot den halvätna rullen i Jasons hand.

"Carla!" Han höll på att tappa den av chocken, innan han for upp på fötter och lutade sig över henne. "Du är vaken!"

Hon sträckte upp en hand, nöjd över att den inte darrade, och rörde vid hans kind. "Varför är du här?"

Han rynkade pannan, uppenbart förbryllad.

"Rose?"

Jason slöt ögonen och skakade långsamt på huvudet, och Carla förstod.

"Åh, Jason. Jag är så ledsen."

"Hon visste, när hon kallade hem mig, att hennes tid var knapp", sa han tyst. "Hon var redo. Det var inte jag."

"Jag är så ledsen", sa Carla igen, väl medveten om hur fullkomligt otillräckligt det lät, medan tårarna fyllde hennes ögon och speglade de som rann långsamt nerför Jasons ansikte. "Hon var så otroligt modig." Inför insikten att hennes egen son var ett monster hade Rose aldrig backat. Hon hade stulit telefonen ur Philips ficka, vilket gjorde att Carla kunde kontakta Marcus och kalla in FBI. Hon hade suttit på golvet i arbetsrummet med hagelgeväret i knät, fullt beredd att använda det. Hennes mod hade rätat Carlas egen rygg, gett henne beslutsamheten hon behövde för att slå tillbaka och sticka Philip.

"Hon bad mig tacka dig." Jason drog ett djupt andetag och skrubbade snabbt över ansiktet. "För 'att du tog hand om Philip-problemet och besparade oss alla en massa besvär', som hon uttryckte det."

Carla kunde inte ens börja föreställa sig hur Rose måste ha känt när hon sa det. Hur fruktansvärt att känna tacksamhet mot någon för att den dödade ditt barn. På sätt och vis var Carla tacksam över att Rose inte hade levat för att möta efterspelet; seriemördares familjer klarade sig sällan väl i mediernas händer. Det skulle utan tvekan finnas rysarsugna typer ivriga att gräva i Philips bakgrund och analysera vad som hade gjort honom till en samvetslös mördare, och några skulle peka ut Rose som skyldig.

Jason grät, utan skam, och Carla sträckte instinktivt handen mot hans ansikte. Han begravde huvudet i sängkläderna vid hennes sida, och hon smekte hans huvud och nacke ömt medan han grät, och en liten, självisk tanke smög sig in i hennes sinne.

Han kommer att ge sig av nu.

Det fanns inget kvar för Jason i Woodvale annat än hemska minnen och ryktbarheten av att vara Philip Hunters närmaste levande släkting. Han skulle säkert ge sig av till Guàlize så fort som möjligt, antagligen direkt efter att ha ordnat Roses begravning, desperat att skaka av sig Wood-vales damm från kängorna en gång för alla.

Och Carla skulle aldrig se honom igen.

Även om hon bara hade känt honom i några dagar, knep sorgen åt hennes hjärta vid tanken. Jason Hunter var charmig, sexig... och förmodligen den modigaste man hon någonsin träffat. Det skulle vara väldigt, väldigt lätt att bli förälskad i honom, men hon skulle inte få den chansen.

En sjuksköterska kom just då svassande in och log när hon såg Carla vaken. Jason drog sig tillbaka och torkade ögonen. "Ut med dig, Mr Hunter", sa sköterskan vänligt, "vi behöver bara lite avskildhet i några minuter."

Det visade sig finnas en del ganska osexiga saker att ta itu med efter att ha varit medvetslös i en sjukhussäng i nästan en vecka, och Carla var inte alltför ledsen över att Jason blivit utschasad. När sköterskan var klar kom en läkare in och undersökte henne, kände på bulan i huvudet, lyste i ögonen och mer, och när hon hade gått kom Agent Carruthers in.

På hennes min förstod Carla vad Carruthers kom för att berätta. "Mamma?" frågade hon, med gråten i halsen.

"Jag är så ledsen, Carla, men ja. Vi har DNA-resultat på flera ben som är en förstagradsmatch med en kvinna till ditt."

Hon hade redan vetat, försökte Carla säga sig själv, men det hjälpte inte. Inte när hon tänkte på hur hennes mammas sista timmar måste ha varit. En kvalfylld jämmer steg i hennes hals, ett sårat djurs skri, och sedan var Jason där och höll om henne, och hon snyftade mot hans bröst tills utmattningen - eller kanske smärtstillandet som pumpades in i droppet - tog henne igen.

Jason väntade tills Carla var helt lealös innan han lade ner henne på kuddarna igen, drog upp lakanet över hennes bröst och sjönk ner på stolen igen med ett stön. Först då märkte han att FBI-agenten inte hade gått; Carruthers stod och stödde upp väggen på andra sidan av det privata sjukhusrummet.

"Hörde att din moster redan har kremerats", sa Carruthers.

"Det var vad hon ville", sa Jason dystert. "Hon var väldigt tydlig med sina önskningar. Sa att hon ville stanna hos mig, inte bli strödd och bortglömd och absolut inte begravd i Woodvale. Sjukhuset har utrustningen; en lokal begravningsbyrå kom med en fin urna åt mig." Den stod på hans hotellrum, ett rum som FBI ordnat åt honom men där han knappt tillbringat mer än några minuter. Varenda timme hade gått åt till att vara med Rose, tills hon gick bort, eller här vid Carlas säng, i väntan på att hon skulle vakna.

Carruthers nickade. "Det kommer att dröja innan vi kan lämna ut Mrs Ramirez kvarlevor, är jag rädd. Vi måste testa varje ben, reda ut vilket som tillhör vilket offer."

Jason rös vid tanken. Med så många ben måste FBI prioritera; de hade tagit en tand från var och en av de åttiotvå skallar som hittats i bengropen och DNA-testat dem först. Nu följde det mödosamma arbetet att testa och identifiera vilket offer varje enskilt ben tillhörde innan kvarlevorna kunde återbördas till deras sörjande familjer. Utan tvekan skulle det finnas dussintals andra som fick samma besked som Carla hade fått, i dag och de kommande dagarna.

En del som kanske inte ens var medvetna om att deras anhöriga saknades, enligt vad Barry hade berättat för dem.

"Jag behöver berätta något för dig", sa Carruthers tvärt. "Och jag är inte säker på hur du kommer att ta det."

"Jag har aldrig varit den som slår sönder saker när livet inte går min väg", sa Jason torrt. "Kläm fram det bara."

"Vi hittade Philip Hunters testamente när vi genomsökte hans egendom. Verkar som att han hade en liten gnutta samvete kvar gentemot sin mor. Om han dog före henne - vilket han uppenbarligen inte räknade med, med tanke på hennes diagnos - så ärvde hon hela hans kvarlåtenskap."

Jason blinkade. "Ursäkta?"

Carruthers gav en skarp liten nick. "Och såvitt jag förstår är du din mosters huvudsakliga förmånstagare. Vilket hon uppenbarligen trodde bara var hennes hus och personliga tillhörigheter. Men det är det inte... du kommer att ärva hela Hunter Industries, skogsbolaget, fastigheterna och varenda annan syltburk där Philip Hunter hade fingrarna."

Han visste inte vad han skulle säga. Han visste inte vad han skulle tänka. Det enda han kände var en instinktiv vämjelse. Han ville inte ha någonting som hade varit Philips, även om en liten röst i bakhuvudet - en röst som lät misstänkt lik Rose - torrt påpekade att hälften av det rätteligen borde ha varit hans hela tiden, det rättmätiga arv som hans far blev snuvad på.

"Ersättning", var vad som kom över hans läppar. "Offrens familjer. De borde få pengarna."

Carruthers log, och leendet nådde ögonen, som rynkades i ytterkanterna. "Jag visste att du var av det goda slaget. Jag tror du har rätt. Du kan säkert lägga allt i en stiftelse eller något liknande. En bra advokat skulle kunna hjälpa dig att ordna det." Hon sneglade menande mot Carla.

"Hon skulle själv ha rätt till en del. Hennes mamma", förtydligade Jason.

"Självklart; det tänkte jag inte på. Ändå kan hon säkert ge dig råd om bästa sättet att gå tillväga. Eller så kan den där åklagarkompisen hennes rekommendera någon. Devereaux." Hon nickade kort och sköt ifrån sig från väggen, och vecklade ut armarna. "Vad du än bestämmer dig för att göra, så har det varit ett nöje."

"Åker du?" frågade Jason medan han skakade hennes utsträckta hand.

"Inkallad till D.C., är jag rädd. Det finns en ofattbar mängd pappersarbete i ett sånt här fall. Jag kommer att vara begravd djupt nere i Hooverbyggnadens innandöme ett tag." Hon såg inte missnöjd ut över det, och Jason anade att en befordran kunde ligga i hennes framtid efter hur hon hanterat fallet. Det var hon som Marcus Devereaux hade ringt när Carla fått tag i honom från Philips vinkällare, som hade lyssnat och tagit dem på allvar, tryckt på panikknappen för att få igång Hostage Rescue-teamet.

"Tack för allt."

"Lycka till", var Carruthers avskedsord, innan hon nickade och smet tyst ut ur rummet och lämnade Jason ensam med ljudet av Carlas jämna andning.

Han var inte ensam länge. Marcus Devereaux kom, nickade åt honom och satte sig bredvid honom.

"Hur mår Carla i dag?"

"Ganska bra. Hon var vaken och pratade lite för en stund sen. Carruthers gav beskedet att de har identifierat hennes mammas kvarlevor."

Marcus grimaserade. ”Aj.”

”Hon var väldigt ledsen. Sköterskan sa till mig tidigare att svullnaden i hennes huvud nästan är borta, och MR:n de gjorde i går visar ingen inre svullnad alls. Hon kan åka hem om ett par dagar, men hon måste ta det lugnt ett tag.”

”Har du träffat Carla?” Marcus småskrattade. ”Jag tror inte ’ta det lugnt’ finns i hennes verktygslåda.”

Jason skrattade också, innan han blev allvarlig. Han sneglade på Marcus, innan han bestämde sig för att lita på honom. Det hade han sannerligen förtjänat. ”Carruthers berättade också att eftersom Philip dog före min moster Rose och på grund av en krånglig formulering i testamentet, kommer jag att ärva hans kvarlåtenskap. Vilket jag verkligen inte vill.”

Marcus formade läpparna till en ljudlös vissling. ”Jag förstår varför, men han måste ha varit god för miljoner. Du skulle aldrig behöva jobba igen.”

Jason höjde på ögonbrynen. ”Har du träffat mig?” Han ekade Marcus ord från för en stund sen, vilket fick åklagaren att skratta.

”Nå, vi har inte känt varandra länge, men jag ser att du inte är killen som mår bra av att sitta sysslolös. Vilket faktiskt var något jag ville prata med dig om.”

Jason höjde på ögonbrynen.

”För jag kanske har ett jobberbjudande till dig.”

Kapitel tjugofem

Tio dagar senare

Carla stirrade ut genom fönstret på Marcus bil och
såg träden susa förbi, glesna när de körde in i Woodvale.
Staden såg precis likadan ut som alltid; på något vis hade
hon trott att den skulle kännas annorlunda efter allt som
hänt. Den rena normaliteten kändes nästan obscen.

FBI hade fortfarande inte identifierat alla ben – det
kunde dröja månader, hade man sagt henne milt, och det
var dessutom helt klart att ingen skulle få tillbaka ett kom-
plett skelett. Alldeles för många ben saknades. Det totala
antalet offer hade stigit till åttiofem, tre till hade hittats
genom dna-testning, vars skallar inte hade funnits i ben-
gropen. Carla värjde sig för tanken på vad som hänt med
alla de saknade benen.

Hon hade glömt röran på sitt kontor tills hon klev
in, och blev sedan förvånad över att allt var uppstädat.
Inte bara det, hela huset var skinande rent, och när hon
öppnade kylskåpet, plötsligt undrande om där fanns grön

mjölk, var även det rent och fräscht doftande, och fyllt med färska matvaror.

”Vem har gjort det här?” frågade hon Marcus, som lutade sig mot köksdörren och såg på henne med ett roat uttryck.

”Dagen efter att du flögs med ambulanshelikopter till sjukhus dök fyra stillsamt charmiga men lätt skrämmande Guàlizeans upp. De gjorde sig nyttiga överallt; avstyrde åtskilliga situationer runt om i stan som höll på att bli riktigt kniviga när vi saknade ett sheriffkontor.”

Carla nickade i plötslig förståelse. Hela avdelningen hade blivit gripen och förhörd av FBI, och även om bara Allen och McCarthy bekräftats ha varit inblandade med Manhunters, var resten fortfarande avstängda i väntan på utredning. Delstatspolisen hade skickats in för att hantera dagliga frågor, men det måste ha varit åtminstone ett par dagar av nästan-kaos.

”Och Guàlizeans städade här inne?” Hon tittade tillbaka in i kylen igen.

”De bytte lås i dina dörrar också.” Marcus räckte över en nyckelknippa. ”Däcken på din bil ser misstänkt nya ut, dessutom.”

”Vem behöver en gudfe eller husalver?” Carla log, hoppfull om att hon skulle få träffa sina hemliga välgörare en dag, även om hon var säker på att de redan hade åkt hem.

Marcus tog avsked några minuter senare, och Carla gjorde sig en kopp kaffe och plockade fram ost och kex att äta, oförmögen just då att få ihop något mer rejält. Hon skulle laga mat senare. Kanske. Hon blev fortfarande trött fortare än hon ville.

En knackning på dörren fick henne att sucka och trött resa sig. Det kunde vara Barry; han hade sagt att han ville titta förbi. Han planerade att skriva en bok om historien, hade redan intresse från flera stora förlag, och hade bett Carla överväga att vara medförfattare. Med tanke på storleken på förskotten som redan erbjöds – och det faktum att Netflix också hade ringt honom – övervägde hon det allvarligt. Även en liten andel skulle ge henne trygghet för livet.

När hon slet upp dörren frös hon till i samma ögonblick hon såg en sheriffsstjärna, ryckte instinktivt tillbaka när minnena av att hitta McCarthy sittande på hennes kontor sköljde över henne. Hennes blick vandrade uppåt och munnen föll öppen.

"Hej", sa Jason med ett varmt leende.

"V-vad. Hur. *Varför* har du på dig den där uniformen?" fick hon till slut fram, flämtande.

"Det visar sig att Woodvale behövde en sheriff i ett nafs." Han lutade sig mot dörrkarmen och lyfte ena axeln i en talande axelryckning. "Jag måste bli vald om jag ska stanna, men den tillförordnade borgmästaren tillsatte mig tillfälligt."

"Den tillförordnade borgmästaren... åh." Carla mindes. Borgmästaren var en av Philips kumpaner som hade gripits tillsammans med resten av Manhunters. Vice borgmästaren, en kvinna Carla aldrig hade träffat, hade uppenbarligen klivit fram, förstått att hon hade en möjlig lösning på ett stort problem i Jason, och övertalat honom att stanna och hjälpa till ett tag.

"Läget är lite komplicerat", underdrev Jason, "men jag behöver stanna kvar ett tag ändå. Det är visst svårare än man kan tro att skänka bort en stor förmögenhet till familjerna till en seriemördares offer."

Carla nickade. Hon kunde bara föreställa sig.

”Och, lustig grej. Nu när min farbror är borta... Woodvale är rätt trevligt. Jag funderade på att stanna långsiktigt. Staden behöver en sheriff.”

Ett hopp började spira i Carlas bröst. Hon stirrade på honom, osäker på vad hon skulle säga. Knappast vågande tro att det kunde vara sant.

”Jag insåg en annan sak också.”

”Jaså?” nästan viskade Carla.

”En liten fågel viskade i mitt öra att du har ett kylskåp fullt av ingredienser... och jag lagade aldrig den där middagen jag lovade dig.” Den där busiga gropen i hakan dök upp när han log snett mot henne.

”Sen”, sa Carla, grep honom i skjortbröstet, drog in honom i huset och sparkade igen dörren bakom dem. ”Du kan laga middag åt mig... sen.”

EPILOG

SEX MÅNADER SENARE

KLÄDD I FORMELL, SORGESVART klädsel klev Carla fram och lade ner buketten av vårens vilda blommor på sockeln. En ängel av vit marmor, med vingarna kupade i beskydd, stod högst upp, och i sockeln hade åttio namn varsamt huggits in... med plats för ytterligare sex ännu oidentifierade offer för Manhunters.

Statyn stod på tomten där Philips före detta hus hade legat, nu jämnat med marken och bortforslat utan minsta spår, och i dess ställe hade en kärleksfullt skött trädgård vuxit fram. I dag hölls en särskild minneshögtid, där offrens familjer samlades för att inviga trädgården till minne av sina älskade.

Jason stod tyst, på avstånd. Det var han som hade gjort allt detta möjligt, insisterat på att huset och tomten inte fick säljas, skänkt egendomen till staden och dessutom gjort en stor del av arbetet med att påbörja trädgården själv, på sin fritid.

Han hade valts till sheriff utan motkandidat och hade börjat bygga upp ett team av pålitliga vicesheriffer, flera av dem tidigare Rangers, och alla var de just nu upptagna med att upprätthålla avspärrningen mot media under ceremonin. Woodvale hade varit fullkomligt översvämmat av journalister och självutnämnda true crime-entusiaster sedan innan Carla skrevs ut från sjukhuset, och inget tydde på att intresset skulle svalna. Det enda undantaget från medieförbudet vid minneshögtiden var Barry Hillsum, som hade sålt bokrättigheterna för ett sjusiffrigt förskott och som nu genomförde en serie varsamma och gripande intervjuer med offrens familjer. Fast besluten att låta berättelsen handla om offren i stället för om mördarna, var han betrodd av alla familjer att rapportera med respekt från minnesstunden.

Carla blev inte förvånad när Jason, efter att alla familjemedlemmar hade visat sin respekt, klev fram och lade sin egen blomsterhälsning vid sockelns fot. Han rörde vid bokstäverna som stavade namnet Julia Bulridge, Manhunters sista offer, den enda de med säkerhet visste inte hade begravts i bengropen eftersom hennes kropp hade lämnats i Roses trädgård för att försöka sätta dit Jason.

Carla visste att Jason alltid skulle känna skuld över Julias död. Ibland undrade han högt vad som hade hänt om han hade lyckats få henne tillbaka till stan levande. Själv tyckte Carla att McCarthy förmodligen hade dödat både Julia och Jason direkt, av rädsla för att hemligheten skulle avslöjas, och vem visste hur många fler som hade kunnat dö för Manhunters perverterade underhållning.

Jason rätade på sig och kom fram till Carla. Hon smög in sin hand i hans och log upp mot honom, medveten om att teleobjektiven förmodligen klickade för fullt åt det

här lilla, intima ögonblicket. Båda var mer än lite för-
färade över kändisstatusen som medierna tycktes anse att
de förtjänade, men de vägrade låtsas som att de inte var
tillsammans. Netflix-producenten som fått i uppdrag att
göra film av historien hade blivit överlycklig över att kunna
lägga till en romans och hade till och med frågat om de
skulle gifta sig. Jasons iskalla mördarblick fick mannen att
backa, lyckligtvis.

"Går det bra?" frågade Jason lågt, och Carla nickade,
fingrarna slöt sig hårdare kring hans. "Då drar vi härifrån."

Hans vicesheriffer höll medierna på armlängds avstånd
när de satte sig i Jasons bil och körde därifrån, mot Roses
hus. Carla hade inte känt sig riktigt trygg i sitt eget sedan
McCarthys intrång, så de hade flyttat in i Roses hus till-
sammans. Vissa dagar kunde Carla svära att hon kände
Roses närvaro där, glad och välvillig, som vakade över dem.

Det skulle bli ett vackert hem att bilda familj i. Carla lade
en hand över magen, ett hemlighetsfullt litet leende spred
sig över hennes ansikte. Hon och Jason hade inte alltid
varit så försiktiga som de kanske borde, men hon skulle
inte ångra sig. Hon planerade att berätta det för honom i
kväll. Hon hade velat vänta tills efter minneshögtiden.

"Jag ville vänta till efter minneshögtiden", började Ja-
son, när de satt sida vid sida i den gamla verandagungan
på Roses baksida och såg solen gå ner över de skogsklädda
kullarna, "för att be..."

"Jag är gravid", avbröt Carla, och log åt hans chockade
min.

"Då är det väl ännu viktigare", sa han, när den första
överraskningen lagt sig, "att jag frågar om du kan tänka dig
att göra det här permanent." Han fiskade i bröstfickan och

tog upp en ring. "Och inte bara det, jag ville också fråga om du kunde tänka dig att låta mig ta ditt efternamn."

Nu var det Carlas tur att bli häpen, men hon nickade i gryende förståelse. "Har det inte varit nog med Hunter i Woodvale?"

"Alldeles för många."

Hon log mot honom, tog ringen och trädde den på sin egen hand, höll upp den och beundrade ljusglimtarna som speglades i den enkla men bedårande prinsesslipade diamanten. "Ja, på båda frågorna. Jag gifter mig med dig, och du kan slippa heta Hunter. För alltid."

Han lade armen om hennes axlar och lutade sig fram för att kyssa henne, mjukt och ömt, och det blev snabbt hett och passionerat, tills hon reste sig, skrattade och tog hans hand för att dra in honom i huset.

Myggdörren slog igen med en smäll, deras skratt tonade bort när de sprang genom huset tillsammans, och kvar blev bara ljudet av vinden som varsamt viskade genom träden bakom dem.

SLUT

Elitstyrkan Rescue Rangers återvänder i *Under täckmantel med en Ranger*, när den skadade Rangern Drew Murphy tackar ja till Jasons erbjudande om ett jobb hos Woodvales sheriffkontor, men ombeds att ta ett undercover-uppdrag innan han tar på sig uniformen. Ett uppdrag som kommer att sluta med att Drew kämpar för sitt liv... och för livet på den temperamentsfulla ATF-agent som kan vara hans enda chans att överleva.

Läs vidare för ett gratis provkapitel!

Under täckmantel med en Ranger - provkapitel

Det torra knallet från ett kraftigt prickskyttegevär ekade över de låga, böljande kullarna. Inga fåglar skrämdes upp ur tallarna. De hade vant sig vid oljudet nu.

Glas krossades; en av en rad ölflaskor som balanserade på en träregel stöttad mellan två oljefat.

Liggande på mage på en låg kulle trehundra yards bort väste Drew Murphy ut en frustrerad suck. Han flyttade sig bort från Barrett-prickskyttegeväret som vilade på sitt stativ, rullade över på rygg i jorden och blängde upp mot himlen, blinkade hårt. Synen på högerögat förblev envist suddig.

Telefonen vibrerade i fickan och fick honom att rycka till. Det hade gått veckor sedan han fick ett samtal eller ett meddelande, han bar den mest av vana. Han fiskade upp den, höll den framför sig och kisade mot skärmen.

Bra skott.

Förvånad rullade han över och kikade tillbaka mot räcket med flaskorna. En figur dök upp bakom den lilla stugan strax till höger, promenerade bort till räcket och inspekterade glassplittret bakom, innan han vände sig åt Drews håll och vinkade.

”Vem fan är det där?” Drews första instinkt var att gripa efter geväret och kikarsiktet, men han hejdade sig och famlade efter kikaren i stället. Ett par sekunder senare kom figuren som inspekterade flaskorna i skarp fokus. ”Jag känner igen dig”, viskade Drew, men mannens namn kom inte. En av hans kollegor i Rangers... *tidigare* kollega i Rangers, rättade han sig själv, med den huggande känslan i magen som kom varje gång han tänkte det.

Vad vill du? skrev han tillbaka till det okända numret.

Snacka öga mot öga. Jag tog med nya ölflaskor. Fulla.

Drew var frestad att säga åt mannen att dra åt helvete, men han var faktiskt slut på öl och hade funderat på om han orkade köra de tre milen tur och retur till stan för att hämta mer. Lite sällskap av en före detta stridskamrat var inget högt pris för att slippa ta turen på en dag eller två, åtminstone så länge killen inte tänkte stanna länge.

Jag kommer ner strax, skrev han tillbaka och började plocka isär och noggrant packa ner geväret.

Under den korta promenaden ner till stugan som hade varit hans hem de senaste sex månaderna kom han på namnet på den andre Ranger-soldaten.

Hunter. Löjtnant Hunter. Han lämnade regementet före mig; stack ner till Guàlize med kapten MacAulay.

Vad fan gör han här uppe i Idaho?

Jason Hunter såg med intresse på den långe, senige mannen som kom gående nerför sluttningen. Han hade inte känt fanjunkare Murphy särskilt väl – Drew Murphy var prickskytt, och de brukade vara ensamma typer – men av allt han hade hört var Murphy elit även bland Rangers, fyrfaldig vinnare av deras årliga prickskyttetävling. Murphy var mannen som högsta hönsen skickade in när målet absolut, utan minsta tvekan, måste tas ner.

Fram tills han hamnade mitt i ett krogslagsmål, när han försökte lugna ner några unga rekryter som rök ihop om ingenting, och någon tryckte en krossad flaska i hans högra öga.

Jasons tidigare befälhavare hade skickat honom det medicinska utlåtandet som gav Murphy hans avsked. Ögat hade sytts ihop av arméns kirurger – Jason rös bara av att tänka på det – men skadorna var betydande. Murphy hade mindre än 20% syn kvar på det ögat, och det var hans dominanta öga.

Murphy hade tagit det erbjudna medicinska avskedet och försvunnit från radarn, tydligen hamnat här och levde ett ganska enkelt liv och försökte lära sig skjuta på nytt. Jason kunde knappt tro att Murphy hade lyckats träna om sig till att använda vänsterögat i siktet, men glassplittret på marken bakom räcket var ett ganska övertygande bevis.

”Snyggt skott”, sa han högt när Murphy trampade upp de sista stegen till stugan.

”Jag missade”, sa Murphy kort. ”Jag siktade på flaskan längst ut till vänster. Träffade den tredje i raden. Missade med en jävla fot.” Hans högra öga bar spår av traumat nu när Jason var nära. Rosatonade ärr nedanför på kinden, och iris såg grådisig ut, till skillnad från den klara blå färgen i vänsterögat. Han hade odlat ett rufsigt skägg de senaste månaderna och huden såg solbränd och härdad ut, som om han tillbringade mycket tid ute.

"Du kommer nog in bäst, löjtnant", sa Murphy till slut och gestikulerade mot stugdörren.

Jason följde efter uppför de rangliga två stegen och in, kastade en blick runt och tog in rummet med en snabb överblick. Inuti var det inte lika nedgånget som det såg ut utifrån; möbleringen var sparsam men i hyggligt skick, en stor vävd matta täckte det mesta av trägolvet.

Murphy lade försiktigt ner gevärsfodralet på det lilla bordet framför det enda fönstret, nickade åt Jason att ta en av de två stolarna. "Du sa något om öl?" frågade han, med en skymt av ett leende över ansiktet.

Jason slängde ner ryggsäcken från axeln, ställde den på golvet vid fötterna och fiskade upp två sexpack.

Murphy formade läpparna till en tyst vissling. "Europeisk. Svårt att få tag på här omkring, och inte billigt. Du måste vilja något mer än att snacka, löjtnant."

"Du kan sluta kalla mig det. Jag är inte i Rangers längre."

"Det minns jag." Murphy sträckte sig efter en av ölen, knäppte av kapsylen och tog en lång klunk. "Men jag är inte intresserad av ett jobb i Guàlize. Har fått nog av att traska runt i djungler, tack."

"Det är inget jag erbjuder." Jason log. "Jobbar inte där själv längre, faktiskt. Jag är här uppe nu." Han tog fram en läderfodral med brickan ur fickan och sköt det över bordet.

"Sheriff i Woodvale?" Murphys ögonbryn höjdes när han såg på brickan. "Det är inte långt härifrån. Det där är säkert en intressant historia."

"Jag gissar att du inte hänger med i nyheterna så mycket", sa Jason torrt. "Kort sagt: jag kom hem för att besöka min döende gammelfaster, upptäckte att hennes son var en seriemördande psykopat och att sheriffen var med i en människojaktsliga med honom."

Murphy stirrade på honom med öppen mun.

"Det är faktiskt en väldigt intressant historia, men det är inte därför jag är här. Du kan läsa på själv. Jag är här för att jag har ett problem och jag tror du kan hjälpa mig."

Även om Hunter sa att han skulle fatta sig kort tog det honom en bra halvtimme att fylla på med tillräckligt med detaljer för att Drew skulle börja få bilden klar för sig. Det verkade som hela länets sheriffavdelning hade blivit avstängd, flera satt i fängelse och resten genomlystes ordentligt av FBI för att se om de hade någon kännedom om eller delaktighet i Manhunternas brott.

"Så du driver sheriffens avdelning på en vinge och en bön?" frågade Drew, ungefär halvvägs ner i den tredje ölen.

"Och med en massa inlånade poliser från andra delstater och myndigheter, och några pensionerade Rangers som hörde om mitt problem och i stort sett anmälde sig själva. Japp."

"Och du tittar på mig som en av de där pensionerade Rangers och bestämmer dig för att om jag inte tänker anmäla mig själv, så ska du rekrytera mig?"

Hunter flinade, tog en klunk ur sin egen öl – han hade bara öppnat en och snålade på den. "I princip. Japp. Du verkar ju redan bo här. Och som jag ser det har du surmulet ältat ditt öga tillräckligt länge."

"Surmulet!" Drew såg rött och slog ner flaskan i bordet.

"Ja." Hunters blick vek inte undan. "Vi har båda känt gott om män som aldrig tog sig hem alls, eller kom hem med betydligt fler delar borta än du. Jag har två på stationen som saknar ett ben. Så du kan inte träffa en dime på en halv mil längre. Du är fortfarande en bättre skytt än de flesta som försöker fälla en hjort. Sluta sitta här och tycka synd om dig själv och försöka få tillbaka något som inte kommer göra dig någon nytta ens om du lyckas."

"Du är en usel terapeut, Hunter", sa Drew när han fick tillbaka andan.

Hunters leende var snett. "Förlåt, mannen."

"Det är lugnt. Jag kan respektera en rak skytt. Du säger det som du ser det."

"Så." Hunter tog en klunk till, ögonen vaksamma. "Är du intresserad?"

Det var länge sedan Drew faktiskt kände något annat än frustration och likgiltighet. Biträdande sheriff i ett litet county i norra Idaho var ingen livsbana han hade sett framför sig, men han kände hur intresset vaknade vid tanken.

"Kanske. När vill du att jag börjar?"

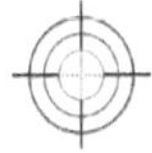

Vill du veta vad som händer sedan? Läs *Under täckmantel med en Ranger* nu!

FLER BÖCKER AV CAITLYN LYNCH

De Förlorade Australiska

Flickan i bäcken
   Flickan på Yachten
   Flickan i Herrgården

Hästryttarna på Ridgewater

Lita på resan
   Bryta barriärer
   Stadig mark
   Skrivet i stjärnorna
   Jul i Ridgewater

Elitstyrkan Rescue Rangers

Räddad av en Ranger
    En Ranger återvänder
    Under täckmantel med en Ranger
    En Ranger mot världen
    Rangers Hetta (endast för nyhetsbrevsprenumeranter)

Upptäck alla Shenanigans Press-utgivningar på vår webbplats(https://www.shenanigansp ress.com/se) !

Eller följ oss på sociala medier – vi finns på Facebook och Instagram (@Shenanigans-PressSvenska).

Och glöm inte att prenumerera på vårt nyhets-brev för att få veta mer om nya släpp, erbju-danden, utlottningar och mycket mer!